笑

与力・仏の重蔵5

藤水名子

時代小説
二見時代小説文庫

目次

鬼神の微笑《ほほえみ》——与力・仏《ほとけ》の重蔵5

第一章 慟《どう》 哭《こく》

一

「戸部《とべ》殿――」

与力詰所を出たところで、背後から不意に声をかけられた。

詰所の前の廊下は中庭に面している。

重蔵《じゅうぞう》は足を止め、ゆっくりとふり向いた。その際、庭先に咲く山茶花《さざんか》の紅い色が、期せずして目に飛び込んでくる。色のない世界が唐突《とうとつ》に色彩を帯び、だが、すぐに再び色を喪う。真冬の夜の灯《ともしび》にも似た可憐な花の美しさも、いまは重蔵の心になんの思いもおこさせない。

花を愛《め》でる以前に、

(いやなやつが来た)

という不快さが、いまにも喉元から溢れだしそうだった。

「もう、お帰りですか、戸部殿？」

気配を消し、足音を殺して近づいて来た男が、満面の笑みを浮かべた顔で問うてくる。血も涙もない鬼のようなその風貌には、不似合いなほど愛想のいい笑顔だ。完全に気配を消して人に近づく癖といい、重蔵にはそいつのすべてが不気味としか思えない。

「岸谷《きしたに》殿」

重蔵は威儀を改め、相手に向かって恭《うやうや》しく一礼した。

相手の名は、岸谷刑部《ぎょうぶ》。昨年八月に矢部定謙《やべさだのり》が罷免された後、南町奉行の職に就いた鳥居耀蔵《とりいようぞう》の腹心だ。

身分からいえば、鳥居家の用人にすぎない岸谷よりも与力職にある重蔵のほうが上なのだが、奉行の側近に向かって無礼な態度をとるわけにもいかない。

鳥居が奉行に就任してからというもの、同心でも与力でもないくせに我がもの顔に奉行所内を闊歩《かっぽ》する岸谷の存在は、正直鬱陶《うっとう》しい。だが、疎《うと》ましく思っていよう本心など、容易に覚《さと》られてはならない。

それ故彼に対するとき、重蔵は己の感情を押し殺し、ひたすら無表情を装った。

「お帰りですか、戸部殿？」

「ええ、これといって、やらねばならぬこともありませんので」

「お帰りでしたら、たまにはおつきあいいただけませんかな」

と、右の手指で盃《さかずき》の形をつくり、それを顔の前でクィッと傾ける所作をする刑部に、重蔵はいよいよ気を重くする。よりによって、酒に誘われたのだ。

「それとも、拙者の如き卑《いや》しき者とは、酒など酌《く》めませぬかな」

「まさか」

本気か冗談かわからぬ岸谷の言葉に、重蔵は仕方なく苦笑した。

「岸谷殿はお奉行のご用人様。そもそも卑役《ひやく》にすぎぬそれがしなどと、親しくされるご身分ではありますまい」

「主《あるじ》が奉行の職にある以上、その主をたすけることが用人たる拙者の務め。そのためには、方々《かたがた》と手を携えねばならぬと思うております」

岸谷刑部はこともなげに言い、更なる笑顔で重蔵を見返してくる。

「それでも、拙者の盃は受けていただけませぬか？」

言葉つきこそ慇懃《いんぎん》だが、有無を言わせぬ強い語調で、途轍《とてつ》もない威圧感を放っている。

（こんな野郎と、酒なんか、呑めるかよ）

内心で思っていようことなどおくびにもみせず、

「いやいや、こちらこそ――」

重蔵はその満面を作り笑顔で染めあげた。

「お奉行のご側近であられる岸谷殿とは、是非とも、一献《いっこん》傾けたいと思うておりました」

言い出した岸谷が戸惑うほどに、極上の笑顔で、重蔵は応えた。

「さ、然様《さよう》か――」

「なれど、残念ながら――」

「え？」

「生憎《あいにく》と、本日は所用がございまして……」

と心底残念そうな顔で言う重蔵に、刑部はしばし毒気を抜かれる。

「所用でござるか？」

「所用というか、まあ、先約なのですが、若き頃、同門にて剣を学んだ友が、さる西国の小藩に仕官し、国許《くにもと》に暮らしておったのですが、このたび藩の御用にて、二十年ぶりで江戸に出てまいりまして、久しぶりで一献傾けようということに……」

「に、二十年ぶりでござるか」

「明日には国許に戻らねばならぬそうですが、なに、たかが、二十年ぶり。此度《こたび》は縁がなかったものと諦め、断ればよいだけの話――」

「いや、待たれよ、戸部殿」

「はい？」

慌てて遮《さえぎ》る岸谷の顔を、極めて鈍そうな表情で重蔵は見返す。

「なにも、そこまでしていただかずとも。拙者とは、またの機会に――」

「いや、しかし、折角《せっかく》のお誘いですし――」

「拙者とて、二十年ぶりの語らいを邪魔するほど無粋《ぶすい》ではござらぬッ」

気圧《けお》された重蔵が思わず絶句するほど強い語調で、岸谷は言った。

「…………」

「突然の誘いで失礼仕《つかまつ》った。許されよ」

「岸谷殿？」

「拙者とは、またの機会に」

岸谷の言葉に内心ニヤリとしながら、

「申し訳ござらぬ」

心底口惜しそうに言い、重蔵は再び恭しく頭を下げた。もうこれ以上、目の前のこの男と、虚しい言葉を交わさずにすむと思えば、その場に平伏し、額《ひたい》を床に擦りつけることも厭《いと》わなかったろう。

「それでは、失礼いたす、岸谷殿」

一礼して、重蔵は足早に歩きだした。

岸谷刑部は、茫然とその背を見送った。

(疲れた……)

食い入るように見送る男の視線を背中に受けながら、重蔵は半時も真剣で斬り合ったかと思うほどの疲労感に全身を包まれていた。

たかが酒の誘いを断るだけでこれほど疲れるのであれば、もし実際に酒を酌んだりしたら、その疲労はかりしれない。想像するだけで、くたくたになりそうだった。

が、その一方で、見えすいた重蔵の嘘を真《ま》に受け、あっさり解放してくれたところなど、見かけによらず、存外いいやつなのかもしれない、とも思ってみる。だからといって、彼と呑みに行きたくない気持ちに変わりはないが。

浮かない顔つきのまま、同心溜まりの前を通り過ぎようとしたときだった。

「貴様ッ、もう一遍言ってみろッ」

「ああ、何度でも言ってやるよ」

まるで、市井《しせい》の破落戸《ごろつき》同士かと錯覚する怒鳴り合いの声が聞こえてきて、重蔵は足を止めた。

「この、臆病者がぁ」

「な、なんだとぉッ！」

「おい、おめえら、いい加減にしねえかッ」

いまにも摑みかからんとする両者のあいだに割って入るのは、古参の吉村新兵衛《よしむらしんべえ》であろう。

「ガキじゃあるめえし、つまらねえことで喧嘩するんじゃねえよ」

「つまらないことではございませぬぞ、吉村様、こやつ、拙者が臆病風にふかれて、押し込みの下手人《げしゅにん》を取り逃がしたとぬかしおったのです。許せませぬ」

「本当のことではないか、岩村《いわむら》、貴様は折角追いつめた下手人が、匕首《あいくち》を振りまわして暴れ出すやいなや、怖ろしゅうなって腰を抜かしたのだ。臆病者に相違あるまい」

「おのれ、うぬッ――」

（岩村と佐山《さやま》か――）

重蔵は瞬時に合点《がてん》した。

岩村彦四郎《ひこしろう》と佐山大輔《だいすけ》は、ともに役に就いて五年目の同期である。歳《とし》も同年、剣も同門であることから、なにかと手柄を競うことの多い間柄だが、それが高じるあまり、近頃では顔を合わせれば諍《いさか》いばかりしているらしい。

「困ったもんですよ」

先日、新吉《しんきち》の店で飲んだ際、吉村がぼやいていた。

「おのれ、推参《すいさん》なり、大輔ッ。臆病と誹《そし》りを受けては、武士がたたぬ。覚悟せよッ」

「面白い。やるか、彦四郎――」

「ええいッ、両名とも、やめぬかぁッ」

吉村が怒鳴るのと、

カラリ、

と勢いよく、重蔵が部屋の障子を開け放つのとが、ほぼ同じ瞬間のことだった。

「おいおい、随分と賑やかにやってるじゃねえか。楽しそうな祭があるなら、たまには俺にも声かけてくれよ」

「戸部さん」

重蔵が言い終えると同時に吉村が口走り、岩村と佐山はさすがに絶句した。重蔵を見返す顔が見る見る青ざめてゆく。

腐っても、与力。若い同心たちにとっては、充分畏怖の対象である。

「おめえら、いい加減にしねえと、お奉行さまの耳にまで入っちまうぜぇ」

重蔵の言葉に、岩村も佐山も、ともに無言で項垂《うなだ》れるばかりだ。

同い年で同期の二人だが、その外見はかなり違っている。

佐山大輔が、如何《いか》にも町娘たちから騒がれそうな、役者のような美男であるのに比べて、岩村彦四郎のほうは、鉢開きの頭に若者らしからぬ金壺眼《かなつぼまなこ》という、甚《はなは》ださえぬ風貌の持ち主だった。

容姿に自信のある佐山は、日頃から弁舌も爽やかで、上司の受けもいい。とりわけ、奉行が鳥居に替わってからは、以前にもまして好まれているようで、ことあるごとに優遇される。奉行に好かれているという傲《おご》りからか、佐山はすっかり慢心し、岩村に対する態度も、些《いささ》か目に余るようになってきた。同輩の落ち度を見出しては、それを殊更論《あげつら》う。揶揄《やゆ》する。小馬鹿にする。

どちらかといえば朴訥《ぼくとつ》で、思うことの半分も口にできぬ質《たち》の岩村にとっては、最も苦手な相手といえた。

「おのれッ」

故に岩村は徒《いたずら》に激昂し、怒号を発することしかできない。

（まあ、無理もねえんだが）

重蔵は、岩村に対する同情を禁じ得ない。

そもそも、鳥居の依怙贔屓《えこひいき》が、二人の対抗意識に油を注ぎ、激しく燃え上がらせたのだ。それ以前は、手柄を争い、張り合っているとはいえ、微笑《ほほえ》ましい好敵手の範囲内で、寧《むし》ろその敵対心は、勤めにとっても有益に作用していた。

それがいままでは、物事にさほど動じぬ吉村をしてすら、「困ったもんです」と閉口《へいこう》せしめるほど、甚だしくその関係を悪化させている。

「よくねえなぁ、大輔」

責める口調にならぬよう注意しながら、佐山に向かって重蔵は言う。

「あんとき彦四郎は、臆病風に吹かれて身を避けたわけじゃねえぜ」

チラッと小耳に挟んだ限りでも、佐山が岩村を嘲弄《ちょうろう》したその子細は容易に想像できた。

先日、人形町《にんぎょうちょう》の太物《ふともの》問屋が押し込みに襲われた。賊は、例によって家人《かじん》を皆殺しにして逃げたが、昨夜未明その一味の一人が潜伏しているらしいというタレコミがあった。

本来ならば、火盗《かとう》に任せたほうがよさそうな案件だったが、そのとき詰め所に居合わせた若い同心たちは皆、手柄を焦ったのだろう。夜明けとともに、賊の潜伏場所に出向いた。大勢の町方に囲まれ、そいつも、最早《もはや》逃げられぬと観念した。路地奥のヤサから転がり出た髭面《ひげづら》の凶悪犯は、そのまま神妙にお縄につくかに思われた。が、神妙に見せたのは擬態だったのか、それとも土壇場《どたんば》で、矢張《やは》り捕まるのが怖くなったのか。

そいつは、不意に懐から匕首《あいくち》を取り出し、

「どけ〜ッ」

切っ尖《さき》を空に向けつつ、怒号を発した。

唐突な切っ尖のその先に、捕り方最前列の岩村彦四郎がいた。

岩村は驚き、迫り来る刃を避けるため、反射的に身を反らした。反らしすぎて体勢を崩し、そのまま背後に尻餅をついた。ために、そいつの前方に逃げ道が開けた。狭い路地の中にあって、追いつめられた袋小路の一端が壊れたのだ。

渡りに船というものだった。

男は一目散《いちもくさん》に走り出した。

「待てぇ〜いッ」

と言われて待つ馬鹿はいない。押し込みの下手人は、人が一人、やっと通れる程度の細い路地を一途《いちず》に走った。路地に入られてしまっては、大人数の捕り方は身動きがとれない。

結局、とり逃がした。

驚いて尻餅をついた岩村の失態とはいえ、この場合岩村一人に責任を押しつけるのは、些か酷というものであった。下手人——それも、人殺しの凶悪犯を捕縛しようとする際には必ず起こり得ることだ。

捕まれば死罪を免れ得ぬのだから、それこそ、死に物狂いで逃れようとする。日頃から修羅場《しゅらば》に慣れた火盗の同心なら、即座に刀を抜く場面だ。相手が、刃向《はむ》かう様子をチラとでも見せれば、狼狽《うろた》えることなく機敏に反応し、即座に斬り捨てる。

しかし、通常のお勤めの中で、町方の者が抜刀することは滅多《めった》にない。

それ故岩村は反応が遅れたのだろう。裾を払って立ち上がったとき、既に下手人は路地の奥へと走り去ったあとだった。

その場に居合わせたわけではないが、百戦錬磨《ひゃくせんれんま》の重蔵には、居合わせた林田喬之進《はやしだきょうのしん》から話を聞いただけで、その場の状況が手に取るようによくわかった。折角追いつめた下手人を目前でとり逃がすなど、大変な失態だが、吉村から報告を受けた重蔵は、さほどそのことを責めなかった。

実を言えば、喜平次《きへいじ》の調べにより、押し込みの主犯の居所も薄々知れていたので、明日にでも火盗に教えてやろうと考えていた矢先のことだった。一人でも取り逃がしたのは残念だが、見失ったあたりを喜平次に探索させれば、足どりは容易に摑めるだろう。或いは、追いつめられた男は、心細くなって一味の頭《かしら》の許《もと》へでも逃げ込むかもしれず、そうなれば、渡りに船というものだった。

「なぁ、大輔」

極力笑顔になろうと努《つと》めたが難しく、苦笑いのような表情で、重蔵は佐山に向かって言い募った。

「彦四郎が臆病だと言うなら、あの場にいた全員が臆病だったということになる。おめえもいたんだろ、大輔？」

「はい」

佐山大輔は気まずげに項垂れた。

涼しげな瞳を伏せ、形のよい唇を少しく歪める。

「だったら、おめえだって、同じように臆病風にふかれてたことになるんだぜ。下手人を逃がしちまったのは、あの場に居合わせた捕り方全員の責任なんだよ」

「…………」

「そうだろ、彦四郎？」

「はい」

重蔵に問われて、岩村もまた、深く項垂れる。

「面目次第もございません」

岩村は素直に頭を下げた。

「そう思うなら、金輪際《こんりんざい》不覚はとるなよ」

「はいッ、肝に銘じて――」

佐山と岩村は、ほぼ同時に、異口同音《いくどうおん》に答えた。

（結構気が合ってるんじゃねえのかよ）

その息の合い方に、重蔵は内心苦笑した。

同い歳で、家も近所。剣も同門なら、同じ年に、揃って南町奉行所に出仕した。好敵手であると同時に無二の友でもあった筈《はず》だ。互いの存在があればこそ、勤めにも励めるというものではないか。

（残念ながら、俺には、そういう友がいなかったなぁ）

漠然と思いつつ、重蔵は再び暗い顔つきに戻り、同心部屋をあとにした。

同い年の友はなく、重蔵にはただ、兄貴分の矢部彦五郎《ひこごろう》だけがいた。遠く離れていても、常に自分の前を行き、行く道を示してくれる存在だった。いまはもう、いない。

二

長屋門から外へ出て、土塀《どべい》に沿って歩き出したものの、何処《どこ》といって行くあてはなかった。

岸谷の言うとおり、真っ直ぐ帰宅するには少々早過ぎる時刻だ。立春《りっしゅん》を過ぎたというのに、寒さは一層増している。しかし、日没までのときは日一日と長くなりつつあった。何処か居酒屋へでも立ち寄り、一杯ひっかけるにしても、些かの罪悪感を感じずにはいられぬ明るさであった。

（だからって、いやな相手と酒を酌むほどの苦痛はねえよ）

足下に伸びた自らの影に視線を落としながら、重蔵はぼんやり思った。

足どりは鈍く、腹の中に鉛でも詰め込んだかと思うほど、体が怠《だる》い。別に病《やまい》を得ているわけではなく、ただただ、気持ちが浮き立たない。だから、勤めにもさほど熱心になれない。

「だいぶお疲れのようですが、大丈夫ですか？　たまには休まれたらいかがです？」

先日、佐山と岩村の件で相談された際、話が尽きたところで案じ顔に吉村が問うてきた。

（あんな気の利かねえ奴からまで気遣われるようになっちゃ、おしまいだな。よっぽど、不景気な面《つら》してるんだろうぜ）

重蔵は内心苦笑する。

疲れてもいなければ、もとより体調が悪いわけでもない。新任の奉行・鳥居耀蔵への蟠《わだかま》りが、全くないといえば嘘になるが、それとて、重蔵の心を沈ませる直接の原因にはなっていない筈だった。

鳥居の、人となりはともかくとして、認めるべき点については、ちゃんと認めて、正当に評価しているつもりだ。

意外なことに、鳥居耀蔵という男は、部下に対して概《おおむ》ね寛容で、多少の過失に対しても、厳しく叱責したり、処断したりということが殆《ほとん》どなかった。

年配の与力が、うっかり入牢証文の請求を出し忘れても、

「次からは気をつけるように」

と、軽く注意を促すだけである。

それ故最近の奉行所内には、矢部が奉行を務めていた頃のような、ひりついた緊張感はあまりない。どちらかといえば、暢気《のんき》で間延びしたような空気が流れている。素膚《すはだ》に剃刀《かみそり》の刃を当てられるにも似た矢部時代の緊張感を堪え難く思っていた者たちは皆、鳥居の鷹揚さに安堵していた。

重蔵にとっては、それは些《ちと》か淋しいことだった。

誰一人としてその功績を称えず、彼の人柄を懐かしがりもしない。矢部定謙とは、果たしてそれだけの人物だったのだろうか、と思うと、重蔵にはやりきれない。

(風評どおり、蝮《まむし》の如きお人だ)

というのが、重蔵の、鳥居に対する正直な感想だ。可もなく不可もないように見せかけながら、常に、ほんの少しでも己の損にならぬよう計算している。

赴任した当初、

「奢侈《しゃし》を禁ずるといっても、闇雲に取り締まればよいというわけではない」

と言う鳥居に、当然皆、不審の目を向けた。

鳥居は老中の腹心だ。少なくとも世間はそう思っているし、もとより奉行所の者たちもそう思っている。奢侈禁止、質素倹約は、老中の改革の根幹ではないか。なのに、

「取り締まらずともよい」

とは、全体どういうことか。

皆が困惑する中、重蔵はぼんやり覚った。

奢侈禁止とはいっても、既に大金を所持している富裕な豪商にまでそれを強《し》いるのは難しい。彼らは既に、贅沢《ぜいたく》に慣れている。禁止される以前に、贅沢な絹や綾《あや》を、いやというほど身につけているのだ。さすがにお上《かみ》を憚《はばか》り、表立っては粗末な木綿《もめん》の着物などを身に纏《まと》っているが、木綿の下には上等な絹の襦袢《じゅばん》や肌着を隠している。

それを曝《あば》くことは容易《たやす》いが、日々彼らと関わっている目明かしや下級の同心たちはそれほど愚かではないから、多額の袖の下と引き替えに、目零《めこぼ》ししている筈だ。

それを承知で、敢えて「取り締まらずともよい」と言う鳥居の言葉の裏には、いままでどおり、袖の下を貰って目零ししたければするがよい、儂《わし》にはすべてお見通しだぞ、との真意がある。重蔵はそう確信した。

(怖ろしいお人だ)

今更ながらに思った瞬間、
ドカッ、
と胸元に強い衝撃を感じて、重蔵は漸《ようや》く我に返る。

「キャッ」

ちょうど辻を折れたところで勢いよく重蔵の懐に飛び込んで来たのは、結綿《ゆいわた》の髷《まげ》に赤い根掛《ねがけ》、褪《あ》せた黄八丈《きはちじょう》を纏《まと》った、まだ若い娘だった。甘い蜜柑《みかん》のような体臭に鼻腔を擽《くすぐ》られ、重蔵は戸惑う。だが、

「ごめんなさい」

と早口に詫び、ろくに重蔵の顔も見ず駆け去ろうとする娘を、そのまま行かせてしまうほど、重蔵もぼんやりはしていない。

「おっと——」

すかさず娘の、重蔵の財布をしっかり摑み取ったその右手首を捕らえ、強く引き戻した。

「十手者《じってもの》の懐《ふところ》を狙うとは、見上げた巾着切《きんちゃくき》りだなぁ」

「えッ！」

娘は驚き、戦慄《おのの》く瞳で重蔵を見返す。捕らえられた華奢《きゃしゃ》な手首の先に、重蔵の懐があり、そこから、十手の朱房が覗いている。それを確かめると、娘の顔は見る見る青ざめた。

年の頃は十八、九。だいそれた所業とは裏腹、子猫のような目をした、ひどく可憐

な娘であった。可憐で必死な瞳に見つめられると、重蔵の胸も微《かす》かに疼《うず》く。

「あ、あの……」

娘は、重蔵を見つめる両目に、見る見る大粒の涙を浮かべると、

「お、お許しくださいませッ」

やおらその場に蹲《うずくま》った。

「どうか、お許しくださいッ」

財布を重蔵の手に戻しざま、額を地面に擦りつける。

「ほ、ほんの、出来心でございますッ」

涙声で言い募る娘の言葉を、一応最後まで聞こうと重蔵は決めていた。

だから、物見高い野次馬たちが集まってきて、彼らの周囲に人集《ひとだか》りができても、別段それを厭《いと》いはしなかった。寧《むし》ろ、見物人が多いほど、役者は芝居に熱がこもるものだ。

「おゆるしください、お役人さまッ、実は、おとっつぁんが長い患《わずら》いで、高利貸しに借金をしていて……もう三日も、なにも食べてないんです、それでつい……」

娘は、腑《はらわた》の底まで吐き出すような声で交々《こもごも》と述べた。

「なるほど、借金があるのだな」

もとより、重蔵はそれを冷ややかな目で見据えている。こんなとき、日頃の重蔵なら、一応慈悲深い表情を浮かべて話を聞くふりくらいはするのだが、生憎《あいにく》今日はそんな気にもなれない。

「はい。…お腹がすいて、つい出来心で……」

「そうか、そうか、出来心ではじめて狙ったのが、奉行所与力の懐だったとは、おめえもよくよくついてねえなぁ」

思いやりのかけらもない口調で言いながら、重蔵はそれとなく、周囲に視線をめぐらせる。娘の泣き声につられて、相当数の野次馬《やじうま》が集まりつつあった。その数、ざっと二十人あまり。

その野次馬たちの中に、あやしい動きをする者がいないか、重蔵は目を光らせた。

娘がでまかせを言っていることなど、はなからお見通しだ。

仮に娘の言うとおり借金があるというなら、これほど器量の好い妙齢の娘を、借金取りが放っておくわけがない。非合法の岡場所はもとより、吉原《よしわら》の惣籬《そうまがき》でもそこそこ高値がつくだろう。非情な高利貸しであれば、必ずそうする。

「どうか、お許しくださいッ、後生《ごしょう》でございますッ」

見抜かれていることを知ってか知らずか、娘は更に大声を張りあげた。

どうあっても、より多くの衆目を集めたいのだろう。だから、

「しょうがねえなぁ。こんな往来のど真ん中で野次馬掻き集めてると、今度はその野次馬の懐を狙おうってぇ不届き者が出ねえとも限らねえ。お調べは、そこらの番屋に行ってからだ。さ、立ちな」

重蔵も、負けじと声を張りあげて言った。

「出来心でやったのか、はじめから承知の上で俺の懐を狙ったのか、ゆっくり聞かせてもらうよ。その上で、許すか許さねえか、じっくり考えさせてもらおうじゃねえか」

興味津々《しんしん》重蔵の言葉に耳を傾ける野次馬たちの中で、明らかに顔色を変え、ピタリと身動きを止めた者がいることに、無論重蔵は気づいている。一人は、茶紺《ちゃこん》の棒縞《ぼうじま》を着た中年男。一人は紺地に蘇芳《すおう》の三筋縞《みすじじま》を着た若い男である。

その身ごなし目配り等から察するに、二人とも、相当腕のある掏摸《すり》だろう。これ以上人集りが増えると、重蔵の目が行き届かなくなり、実際に財布をとられる野次馬も出てくるに違いない。

だから重蔵は娘を急《せ》かした。

「さっさと立ちな。話の続きは番屋で聞くから――」

「あ、あの……」

番屋へ連れて行くと言われて、娘は本気で狼狽した。

「大丈夫だよ。おとっつぁんの借金返そうって一心で、つい出来心でやっちまったんだろ？　俺だって、鬼じゃねえや。それどころか、人からは《仏《ほとけ》》の重蔵って呼ばれてる男だ。話を聞いて得心がいけば、無罪放免してやらねえでもねえ。……心配するな。おめえみてえな娘を取り調べるのに、間違っても、きつく責め立てたりなんぞ、しやしねえよ」

「…………」

娘が、恐怖に戦《おのの》く目で重蔵を見返したのと、野次馬の中に潜んで機会を窺っていた二人の掏摸がひっそりと逃げ去って行くのとが、ほぼ同じ瞬間のことだった。

（逃げたか）

重蔵は内心、ホッと安堵した。

とりあえず、いま目の前で罪を犯そうとする者がいなくなれば、それでいい。この先、彼の目の届かぬところでなにをしようが関係ない。この世のすべての犯罪を未然に防いだり、取り締まったりするなど、土台無理な相談なのだ。

「行っちまったな」

袖を摑んで強引に立ち上がらせた娘に向かって、重蔵は、そのときはじめて優しげな笑顔を見せた。

野次馬たちが散りはじめたのを見はからい、

「おめえも、行っていいよ」

戸惑う娘の袖から手を離す。

「え?」

「もう、いいよ。おめえの仲間がなんにもしねえで逃げたんだ。おめえを捕まえる理由はねえよ」

「…………」

娘は一瞬間息を呑み、重蔵を見つめた。

たまたま狙った相手が、噂に名高い《仏》の重蔵であることに驚いたのか。噂どおり、仏の如き慈悲の心で許してくれることに感動したのか。将又《はたまた》、重蔵の言葉が本気か嘘かはかりかねたのか。

しばしその場で逡巡してから、娘はゆっくりと後退《あとじさ》った。そして徐《おもむろ》に背中を向けると、一目散に逃げ去った。着物の裾も、悩ましい赤い蹴出《けだ》しも跳ね上げて走り去るその背を、重蔵はじっと見送っていた。

三

「もし、お武家様——」

娘を見送り、それとは逆の方向へ数歩歩き出したところで、重蔵は女の声に呼び止められた。

咄嗟《とっさ》に刀の柄《つか》に手が伸びそうになったほど、そのとき重蔵は緊張した。

だが、すぐに自らの臆病を、自ら嗤《わら》った。相手は女だ。

(しかも、身に寸鉄も帯びてねえ)

嗤いつつ振り向くと、そこにいたのは、年の頃は三十がらみで、小粋な鰹縞《かつおじま》の着物に島田くずしの髪がよく似合うあだっぽい女である。柳の葉のように切れ長で形のよい瞳が、露を含んだような色香を湛《たた》えつつ、重蔵をじっと見つめていた。

「これを、落とされましたよ」

と女が袖口でくるむようにして重蔵に差し出したのは、彼自身がいつも懐に入れている古い蒔絵《まきえ》の印籠《いんろう》である。家紋ではなく、満天星の絵柄が描かれ、赤い緒締《おじめ》をとおした紐の先には象牙《ぞうげ》の根付《ねつけ》がつけられている。ともに思い出の品であるため、うっかり落とすことを恐れて帯には挟まず、懐にしまっていた。

「これは……」

「さっきの娘が旦那の懐から財布をすろうとしたときに、落とされたんですよ」

「そうか、すまんな」

女の手からそれを受け取る際、重蔵は思わず息を呑んだ。

大きく抜かれた衣紋《えもん》から、女の白い項《うなじ》が覗き、えもいわれぬ芳香が、ほんのりと重蔵の鼻腔を擽《くすぐ》ったのだ。若い娘の甘酸っぱい匂いと違って、それは、しっとりと素膚《すはだ》に絡《から》みつくような湿りを帯びた香りであった。

その芳香が、女の醸し出す艶《あで》やかさと相俟《あいま》って、束の間重蔵を惑乱させた。長らく女に触れていない独り者《ひと》としては、それもまた致し方のないことであったろう。

(いい年をして、だらしがないぞ)

心中激しく己を戒《いまし》めつつ、

「ありがとうよ」

短く礼を述べた重蔵に、女はやおら半身をすり寄せ、

「お優しいんですね」

耳許に低く、囁《ささや》くように言う。

「え？」

その声音《こわね》の、吐息《といき》のような妖《あや》しさと、女の体がごく身近にあるということに、重蔵は戸惑った。

「あんな連中を、お目こぼしなさるなんて。……まさか、あの娘のそら言をお信じになったわけではありますまい？」

「…………」

「さすが、音に聞こえた《仏》の重蔵のあだ名は伊達《だて》じゃないってことなんですか？」

「おい——」

重蔵がさすがに顔色を変えると、女はサッと身を退《よ》け、

「南町の戸部様でございますね？」

はっきりとした口調で重蔵に問うた。

「…………」

だが重蔵は答えなかった。当たり前だ。往来で、見ず知らずの女に名乗る義理はない。すると女は徐《おもむろ》に威儀を正し、恭しく一礼してから、

「申し遅れました。私、火盗改《あらため》の御用を承《うけたまわ》っております、お高《たか》と申します。深《ふか》

川東町《がわひがしちょう》で『ちどり』という舟宿を営んでおります」

（え？）

女の口から述べられた言葉に、重蔵は当然驚いた。

（火盗の密偵《いぬ》？）

重蔵の疑問に答えるように、お高と名乗る女は、無言で淡く微笑んだ。

素人女《しろうとおんな》とは明らかに一線を画した、艶やかすぎるその笑顔に、重蔵はうっかり見とれてしまう。

「戸部さまのお名前は、かねがね伺っておりました。どうぞ、お見知りおきくださいませ」

「俺は一介の町方だ。見知ったからといって、なにもよいことはないぞ」

「ご謙遜なさいますな、お手柄の数々、矢部さまから伺っております」

「え？」

「矢部さまは、残念なことでございました」

「お前さん、前のお奉行を知ってるのか？」

「はい。私が、まだ悪さをしておりました頃、火盗の頭《かしら》は矢部さまでございました」

「まさか」

重蔵は思わず口走った。

矢部が火盗の長官をしていたのは、かれこれ二十年近くも昔のことだ。その当時、いっぱしの悪《わる》として火盗に目をつけられていたというなら、お高という女は、一体いくつになるのだ。まさか、重蔵とさほど変わらぬ歳ではあるまい。

「ええ」

するとお高は、またもや重蔵の心の声を読み取り、あっさり肯《うなず》く。

「私、これでも、旦那とそう変わらない歳ですよ」

「………」

「矢部様には、本当にお世話になりました。本来なら、島送りか獄門にもなりかねないところをお助けいただき、こうして生きながらえております」

お高は言い、しばし遠い目をして虚空《こくう》を仰いだ。

そろそろ陽は傾きかけ、燃え残りの熾火《おきび》のような残光が、その白い喉元《のどもと》や臈長《ろうた》けた面差しを照らしている。見つめているだけで魅入られそうな横顔から、重蔵は慌てて目を逸《そ》らした。

(この器量だ。大方、盗賊一味の引き込み役か、頭《かしら》の情婦《いろ》ってところだろうな)

思ってから、だが、またしても心を読まれるのは真っ平だと思い、

「なあ、お高さん」

今度は自分から女に話しかけた。

「はい」

「よくねえなぁ」

「はい？」

「お前さんのお役目を考えたら、人目のある往来で、こんなふうに馴れ馴れしく、町方の者に声をかけたりするもんじゃねえよ」

「はい。心得ております」

「だったら、なんで――」

「あの娘は、ああ見えて、《雷《いかずち》》おぎんという二つ名で呼ばれる、そりゃあ腕のいい女掏摸でございます」

言いかける重蔵の言葉に、お高は強くかぶせてきた。

「男の掏摸を何人も色仕掛けで誑《たら》し込んで、いっぱしの一味を成しては、このところ、縁日や相撲《すもう》興行など、大勢人の集まる場所で荒稼ぎしております。素人を装って人の好さそうな者の懐を狙い、わざとしくじり、騒ぎを起こして、集まってきた野次馬たちの懐を、手下に狙わせるのも、一味のよく使う手口です。戸部さまも、お気づきになられましたね」

「ああ」

「すべてご承知の上で、奴らをお見逃しになったのですか？」

「どうせたいした連中じゃねえ。見てのとおり、俺は一人だ。一人で、あの場にいた連中全員を捕まえるのは面倒だったからな」

「あの者たちが、すぐに別の場所で悪事を働くであろうことを、御承知の上で見逃してやったのですか？」

「もう、勘弁してくれねえか」

厳しく追及されて、たまらず重蔵は悲鳴をあげた。

「女の色香に目が眩《くら》んで、判断が鈍っちまった。俺の失態だ。正直にそう言えば満足かい？」

「まあ」

お高は一瞬呆気《あっけ》にとられ、苦しげに真情を吐露《とろ》した重蔵の苦《にが》りきった顔をつくづくと眺めた。

「旦那ったら、ご冗談を……」

それから目を伏せ、声を殺して忍び笑う。ゾクッとするほど凄みのある、それでいてひどく艶っぽい笑い方だった。

「お前さんこそ、人が悪いぜ」

「え?」

「お前さんは、あの娘……《雷》おぎんを追っていたんだろう。通りすがりの俺が下手に手を出さなくても、何《いず》れ火盗が一味をお縄にする。違うかい?」

「さあ……それはどうでしょう」

逆に問われて、お高はほんのりと首を傾げた。

「火盗改の方々は、押し込みや火付けの下手人を追うのにお忙しくて、ケチなこそ泥なんぞ、相手にしないいんじゃないでしょうかねぇ」

何食わぬ顔で言い、もう一度、溢《あふ》れるような笑顔を見せてから、

「《仏》の重蔵様、お見知りおきを——」

低く言いざま一礼すると、お高はその場を立ち去った。

呼び止めたいという衝動にかろうじて堪《た》え、重蔵はその背を見送った。

時刻柄か、人出の増した往来のど真ん中に立ち、女の背を目で追おうとした重蔵は、だがすぐにそれを断念せざるを得なかった。紺の鰹縞の着物は、忽ち人混みに紛れ、見えなくなったのだ。

（さすがは火盗の密偵だな）

たったいままで目の前にいた女の息づかいも膚《はだ》の匂いも、瞬時に潰《つい》え去ってしまったことを、重蔵はほんの少し淋しく感じた。

四

「旦那」

お馴染みの低い声音《こわね》で背後から呼びかけられて、重蔵はつと我に返った。

永代橋《えいたいばし》を渡って深川方面に足を向けたとき、あたりはぼちぼち薄暮に包まれんとしている。

重蔵は足を止めず、勿論《もちろん》振り向きもしない。声をかけられる少し前から、喜平次《きへいじ》の気配《けはい》は察していた。しかし、人目のあるところで声をかけてくることはないとわかっているので、自ら人気《ひとけ》のない場所へ導かねばならない。もっとも、やがて完全に暮れ落ちてしまえば、人目を気にする必要もなくなるのだが。

（しかし、よりによって、いやなところへ現れる奴だな）

重蔵の足は、無意識に人混みの中へと向いていた。声をかけられたくなかったからにほかならない。

「いい加減にしてくださいよ、旦那。おいらもそれほど暇じゃねえんですよ」

「ああ」

重蔵は仕方なく道端に足を止め、喜平次を顧《かえり》みた。

「旦那も男ですねぇ」

「…………」

「いい女を目の前にして、目の色変えてましたね。少しホッとしましたよ」

案の定喜平次は、お高のことで重蔵を揶揄《からか》う。どうやら一部始終を見られてしまったようだ。

「けど、いくらいい女だからって、火盗の密偵《いぬ》なんかに手ぇ出しちゃいけませんよ」

「余計なお世話だ」

執拗な喜平次の軽口に、重蔵は忌々《いまいま》しげに舌打ちした。

「独り身がなげぇからな。あんないい女を目の前にしたら、目が眩《くら》んでも仕方ねえだろう。これでも一応男なんでね」

開き直った重蔵が不貞腐《ふてくさ》れたような言葉を吐くと、

「すみません、口が過ぎました」

喜平次はあっさり詫びた。

「冗談ですよ、旦那。怒らねえでくださいよ」

「別に、怒っちゃいねえよ」

冷たい川風を避けるため、土手の柳の幹に身を隠しつつ、重蔵は苦笑する。

喜平次が急に気弱になったのは、重蔵が女のことで揶揄われるのを極度に嫌う質《たち》だと思い出したからだ。

大方《おおかた》、以前重蔵から、

「今度なめた口ききやがったら、八丈《はちじょう》送りにするぜ」

と脅されたことを、しっかり覚えているのだろう。冗談のつもりだったが、臑《すね》に疵《きず》を持つ身の喜平次にとっては冗談ではすまされなかったのかもしれない。

「女に目が眩んだのは事実だからな。しかも、若いのと年増《としま》の両方だ。眼福《がんぷく》だったぜえ」

「旦那は、若い娘には興味ねえでしょう」

「俺が若い娘に興味持っちゃいけねえのか？」

「いえ、別に、そういうわけじゃありませんが……」

喜平次の顔色が青から赤へ、赤から青へとくるくる変わるのを、重蔵はしばし楽しんだ。

「まあ、若いのも悪くなかったが、やっぱり俺は、てめえの年にあった年増のが好みかなぁ」

「そりゃあ、もう、あのとおりのいい女ですからね。仕方ありませんや。二十年経っても、色香はちっとも衰えちゃいねえ。驚きましたよ」

喜平次は慌てて調子を合わせる。

「おめえ、あの女を知ってんのか？」

「ええ。《夜桜《よざくら》》お高といやあ、おいらが盗っ人の世界に首突っ込んだ頃には、既に名の知れた女賊でしたからね」

「《夜桜》お高？　おめえが盗っ人になった頃って……あの女、本当にそんな歳なのか？」

「ああ見えて、四十は過ぎてるんじゃねえですかね」

「確かに自分でも言ってたが、あれで本当に四十か。……化けもんだな」

「ガキの頃から、名のある盗賊一味の引き込み役をやらされたりして、十七、八の頃には、もう一端《いっぱし》のワルでした」

薄墨に彩《いろど》られたような暗さの中で、喜平次は静かに言葉を継ぐ。

「関わってた一味がお縄になったときも、てめえ一人はちゃっかり逃げのびたんですよ。とにかく頭のいい女で、盗み以外にも、美人局《つつもたせ》から強請《ゆす》りたかりのような真似まで、いろいろやってる筈です」

「そんな女が、どうしてお縄になったんだ？」

「確か、あの頃は《花房《はなぶさ》》の藤五郎《とうごろう》親分の情婦《おんな》になってましたんで、それで親分ともども、火盗に捕まったんじゃないですかね」

「なに、藤五郎の情婦だと！」

重蔵はさすがに目を瞠《みは》る。

《花房》の藤五郎は、かれこれ二十年ほど前、関東一円に根を張った一大盗賊団の頭目であった。各地に散った手下の数は百を下らぬ、とも言われていた。盗みの際には丹念に下調べをして計画を練り、一滴の血も流さぬ見事な遣り方で盗みを全うする。独立して一派を成す手下たちにも非道な真似は決して許さず、まさしく、大親分と呼ぶに相応《ふさわ》しい人物だった。

しかし、如何に非道を許さぬ見事な親分とはいえ、盗賊は盗賊である。当時火盗は血眼《ちまなこ》になって、《花房》一味を追っていた。手下を捕らえて拷問にかけても、誰一人、口を割る者はなく、結局藤五郎の捕縛には十年近くの時を要したようだ。

重蔵が火盗改に配属される少し前のことである。

「藤五郎は、捕らえられたときには六十過ぎの爺さんだったと聞いてるが——」

「だからこそ、ですよ」

「ん？」

「親子ほど年の離れたお高のことが可愛くてしょうがなかったんですよ。洗いざらい罪を認めて、手下全員の名前を記した盗《ぬす》っ人帖《とちょう》も差し出す代わりに、お高だけはお咎《とが》めなしにしてやってほしい、と火盗の頭——つまり、矢部様に頼み込んだんですよ」

「おめえ、やけに詳しいな」

「有名な話ですからね、盗っ人のあいだじゃあ。藤五郎親分はいまとなっちゃ、伝説の大親分ですし——」

「だが、彦…いや、矢部様は——」

お高という女のことを、どうして俺にも話してくれなかったんだろうな、という言葉を、重蔵は辛《かろ》うじて呑み込んだ。

子飼いの密偵のことを、たとえどれほど親しい間柄であっても軽々しく漏らさぬのが、密偵を使う者の常識であり、良心というものでもある。もし密偵のことが余人に知られ、元の同業者にでも知られれば、彼らにとっては裏切り者である密偵の命が危うくなる。

　だから矢部は、お高のことを誰にも告げず、密かに用いていたのだろう。歴代の火盗の長官たちもまた、能《よ》く秘密を守り抜いた。有能な密偵の存在は、火盗のお役目には必要不可欠なのである。

　である以上、お高自らが、己が密偵であることを易々《やすやす》と重蔵に告げるべきではなかった。

（あの女、一体どういうつもりだ？）

　重蔵が改めて疑問に思ったとき、

「けど、お高姐御《あねご》がどういう女なのか、実際おいらは、なんにも知らねえんですけどね。全部人づてに聞いた話ですから」

　他人事《ひとごと》のように冷静な口調で、喜平次は話を締めくくった。

「…………」

　重蔵はしばし絶句したが、同時になるほどと納得もしていた。

　喜平次の話を聞くうちに、最早お高という女の存在そのものが伝説であり、幻のようにも思えてきた。最前の女とのやりとりもなにもかも、狐《きつね》につままれたようなものだろう。その女が自分のすぐそばにいたという実感も次第に薄らぎ、夢をみたほどの記憶しか残りそうになかった。

「それはそうと、押し込みの隠れ家はわかったのか？」

仙台堀《せんだいぼり》の堀端を歩いているとき、ふと思い出して重蔵は問うた。

本当は、そのことのほうが余程重大事であった。いまのいままで忘れていたのは、やはり気持ちが女に傾いていたのだろう。

(俺としたことが――)

重蔵は激しく己を恥じた。

「ええ。早速与五郎《よごろう》に教えてやりましたよ」

重蔵の心中など知ってか知らずか、半歩後ろをついてくる喜平次の声音に悪気はない。

「そうか」

「それで、よかったんですよね？」

「ああ、与五郎のお手柄になるからな。押し込みの下手人は、火盗に任せるほうがいい。うちの若い奴らは、荒仕事には向かねえしな」

「旦那」

投げやりともとれる重蔵の口ぶりと無感情な様子に驚き、喜平次は思わずその横顔に見入る。

「ん？　なんだ」

「い、いえ、別に……」

「それで、今朝方《けさがた》うちの若い奴らから逃げた男の行方はわかりそうかい？」

「ええ、大方今頃は、頭と同じ盗っ人宿に逃げ込んでると思いますよ。一人で逃げるのが怖くなったはずですから」

「だったら、いい」

重蔵の反応は依然として素っ気ない。表情が乏しく、その両目にも、いつもの強さがない。

だが、勤めに対して人一倍真摯《しんし》な姿勢は変わらない。

このところ——具体的には矢部定謙の訃報《ふほう》に触れてからというもの、ずっとその調子なのだ。

（わからねえじゃねえが……）

重蔵の気持ちを思うと、喜平次の胸も痛まずにはいられない。

喜平次は、年が明けてまもなく、重蔵に頼まれ、矢部のお預け先である伊勢桑名《いせくわな》まで出向いている。

「《旋毛《つむじ》》の喜平次、いまでも大名屋敷へ忍び込むことはできるか？」

思いつめた顔で唐突に問われて、喜平次は戸惑った。

「できるとは思いますが、やったことはありませんよ」

「そうか。……では、やはり無理かな」

重蔵が目に見えて落胆したので、喜平次は内心慌てた。

「目的にもよりますよ。大名屋敷に忍び込んで、一体なにをしろ、って言うんです？」

「いや、正確に言えば、大名の住まい……城だ」

「え？」

「城のどこかに幽閉されている罪人に会うことはできるか？」

と問われ、喜平次は当惑した。

重蔵が何を言っているのか、すぐには理解できなかったのだ。

「一体、なんの話です？」

「まあ、やめておこう。おめえにもしものことがあったら、お京《けい》に恨まれるだろうからなぁ」

「ちょっと待ってくださいよ、旦那。お京は関係ねえでしょう。こいつは、旦那とおいらのあいだの話だ」

ついむきになって、喜平次は言い募った。重蔵の人柄に惚れ込んで、彼の密偵になったからは、もとより命を惜しむつもりはない。いままでもそうしてきたし、これからもそのつもりだ。そこへ、女のことなど持ち出す重蔵の了見《りょうけん》がわからない。

「できるかできねえかは、おいらが決めますよ」

喜平次はきっぱりと言い切った。それが重蔵の思う壺だったのかどうか。それは喜平次にもわからない。

ともあれ喜平次は、重蔵に頼まれ、伊勢桑名にいる矢部定謙に会いに行った。子供の頃、丁稚《でっち》小僧の御蔭参《おかげまい》りのていで諸国を流離《さすら》ったこともあるため、旅には慣れている。どういう手段を用いたのか、重蔵が油問屋の手代《てだい》という身分の手形を用意してくれて、旅費も潤沢《じゅんたく》に貰っていたから、富商の楽旅よろしく、快適な道中であった。それでも、自慢の鬼足《おにあし》で、通常よりかなり早く伊勢に到着した。

到着したはよいが、相手は、お預けの身の罪人だ。簡単に面会できる筈もない。

「矢部様へのご伝言は？」

出立前、喜平次は重蔵に問うた。

当然、文《ふみ》のようなものを託されると思っていた喜平次は、そういうものがなにもないと知り、訝《いぶか》った。

「いや、矢部様のご様子を見てきてくれれば、それでいい。何も言うことはない」

「じゃあなんで、わざわざ会いに行くんですよ？」

という疑問を、喜平次は辛うじて喉元に呑み込んだ。矢部と重蔵の関係を詳しくは知らない喜平次だが、男同士とはそういうものかもしれない、と想像することはできた。言葉でなにを伝えずとも、ただ会いに来た、というそのことだけで、互いに察し、通じるものがあるのかもしれない。

しかし重蔵は、喜平次の心の声が聞こえたらしい顔つきで少しく考え込み、

「そうだな。……何故来たかと、矢部様に訊かれたときは、『道場でのお約束を果たしにまいりました』とでも答えておいてくれ。『彦五郎兄のお望みをかなえさせていただきます』と、信三郎《しんざぶろう》が申していた、とな」

「道場でのお約束？」

「そう言えばわかる」

「そうですか」

多少の不満はあるものの、喜平次はそれ以上執拗に問い返すことはしなかった。

五

伊勢桑名藩の藩祖は、徳川《とくがわ》家にとって譜代中の譜代である本多忠勝《ほんだただかつ》だが、本多家はのちに移封され、現在は親戚筋の松平《まつだいら》家が藩主となっている。桑名自体は、中世より「十楽《じゅうらく》の津《つ》」と呼ばれ、商人の港町と交易の中心地として発展した土地柄故、城下に人の出入りは多く、情報の収集にはさほどのときを要さなかった。

幸い、矢部が幽閉されていたのは城内ではなく、城下に設けられた武家屋敷の中だった。喜平次はそこへ忍び込んだ。

「誰だ?」

「《旋毛》の喜平次と申します」

矢部に誰何《すいか》されたら、先ずそう名乗れと重蔵に言われていたとおり、天井裏から音もなく飛び降りざま、座敷牢の隅に平伏して喜平次は応えた。

「なに、《旋毛》の……では、お前は信三郎…いや、戸部の手の者か?」

「はい」

「戸部に命じられてここへ参ったのか?」

「はい」

「そうか」

仄暗《ほのぐら》い牢の中で、静かに書見をしていた矢部定謙は、不意に目の前に舞い降りてきた喜平次を見ても格別驚きの声はあげず、淡々と問答した。

(胆《きも》の据わったお人だ)

喜平次は感心すると同時に、彼の放つ、一種異様なほどの迫力に気圧《けお》され、ただただ平伏しているしかなかった。

「あやつ、儂の様子を見て来い、とぬかしおったか?」

「はい」

その迫力につり込まれてつい肯《うなず》いてしまってから、

「あ、いえ、その……ど、道場でのお約束を果たしにまいりました」

喜平次は慌てふためいた。

重蔵の言葉をそっくりそのまま伝えねば、と思うほどに気は焦り、

「彦五郎兄の、お…お望みをかなえさせていただきます、とか……いえ、これは、旦那……戸部様がそう言えとおっしゃいまして……言えば矢部様はおわかりになる、と……」

「なるほど」

道場、と聞いた瞬間、矢部はすべてを覚ったのだろう。声音が優しみを帯び、畏《おそ》れ入る喜平次へ向ける視線も忽ち和らいだ。

「《旋毛》の喜平次……なるほど、ここへ忍び入るさま、恰《あたか》も《旋風《つむじかぜ》》の吹くが如くであったぞ」

「おそれ入ります」

「のう、喜平次――」

「は、はいッ」

「それでは、役目が果たせまい」

畏《かしこ》まって平伏したまま顔をあげようとしない喜平次に向かって、明らかに笑いを堪《こら》えた声音で、矢部は言った。

「儂の様子を見て来い、と言われて来たのであろう？」

「はいッ」

「では、見るがよい」

「え？」

「顔をあげて、儂を見なければ、役目が果たせぬではないか」

「あ……」

間抜け面を上向けて、喜平次ははじめて矢部の顔を直視した。

（…………）

そして絶句した。

幽鬼《ゆうき》、
という言葉を、無学な喜平次が知る由《よし》もないが、このとき彼の胸に湧いた、素朴な恐れに答えを与えるとすれば、まさしく、矢部定謙の様子は、

（幽鬼のような）

状態だった。

「折角遙々《はるばる》と参ってくれたのだ。一つ、よいことを教えてやろう」

幽鬼は微笑み、

「《仏》の重蔵のあだ名の由来、そちは存じておるか？」

茫然と見返す喜平次に問うた。

「巷《ちまた》の評判どおり、御仏《みほとけ》の如き慈悲の心を持った男、そう思っておるか？」

「は、はい……」

「それは違うぞ、喜平次」

「え？」

「この場合の《仏》とはな、御仏の《仏》には非《あら》ず……」

それから、矢部が楽しげに話してくれた内容は、申し訳ないが殆ど記憶に残らなかった。それほどに、幽鬼の如く痩せさらばえた矢部の姿は衝撃的だった。

もとより矢部は、喜平次の驚きと戸惑いに気づいていたのだろう。

「喜平次よ」

《仏》の重蔵誕生の秘話を語り終えたあとで、矢部はふと口調を変えた。

「わざわざこのようなところまで忍んできて貰って申し訳ないのだが、儂のこの姿を、戸部には有《あ》り体《てい》に伝えないでほしい」

「…………」

喜平次は矢部を凝視した。驚きはなかった。寧《むし》ろ、そう言われるのではないかという予感があった。

「信三郎…戸部には、ただ一言、意外に元気そうであった、と伝えてくれぬか？」

微笑む矢部の顔が、喜平次には泣き顔にしか見えなかった。

(最後まで弱みは見せたくねえってことか)

喜平次の心の声が聞こえたのか、

「今更、この期《ご》に及んで見栄《みえ》を張るつもりはない」

苦笑を堪《こら》えた顔で矢部が言った。

「言ってみれば、戸部のためだ」

「戸部さまの？」

「そちにとって、戸部重蔵とは如何なる者か？」

「…………」

剣先を突き付けるような語調で問われ、喜平次は少しの間《あいだ》思案してから、

「命の恩人でございます」

きっぱりと答えてのけた。

「ならば、戸部に死んでほしくはあるまい？」

わかりきった問いに、当然だ、と言うように喜平次は深く肯いた。

「戸部はああ見えて、情の強《こわ》い男だ。この儂の死に様を知れば、儂を陥《おとしい》れた者を憎み、必ずや復讐せんとするだろう。だが相手は狡猾《こうかつ》な蝮だ。戸部では歯が立たぬ。返り討ちだ。そんなことになったらそちも困るだろう？」

「で、でも……どっちにしても……」

遠慮がちに、喜平次は言いかけた。

「ん？」

「いえ、その……どちらにしても、矢部様がこのままお亡くなりになれば、戸部様は、矢部様を陥れた相手を恨むんじゃありませんかね」

「そうかもしれん」

「では……」

「しかし、お前ならどうだ、喜平次？ 親しき者が、食を断ち、痩せ衰えて死ぬのと、普通に死ぬのと、どちらがよい？ 痩せ衰えた様子など聞かされれば、心が乱れるであろう？」

「それは……」

喜平次はそれ以上なにも言い返すことはできなかった。矢部の、戸部に対する深い友情と愛情が察せられたためである。

(旦那に嘘をつくのは気が重いけどな)

伊勢からの帰路、喜平次の足どりは重かったが、とにかく江戸に戻ると真っ先に戸部を訪ねた。

「囚われの身ではありましたが、矢部様は思いの外《ほか》お元気そうでしたよ」

という喜平次の言葉を、果たして重蔵は信じたか否か。

「そうか。息災《そくさい》にしておられたか」

無表情に肯いた重蔵は、おそらくそれを信じてはいないのだろう、と喜平次は思った。だが重蔵は、それ以上、喜平次に矢部の様子を問い質《ただ》そうとはしなかった。

(なにもかも、お見通しなんだろうな)

喜平次もまた、矢部が言った言葉の意味をそのとき漸《ようや》く、本当に理解した。

戸部は矢部の身を案じて喜平次を遣わしたが、それを嬉しく思う反面、矢部は戸部のその情の濃さを案じた。二人の間柄がどれほどのものなのかを喜平次は知らないし、これまで生きてきて、一度も友と呼べる存在を得たことのない喜平次にはその種の関係も理解し難い。

だが、彼らのあいだには余人にうかがい知ることのできない強い絆《きずな》があり、それ故、喜平次という第三者を挟んでの交流であっても、互いのことが手に取るようにわかる。

矢部が、喜平次に嘘をつくよう命じたことも、その理由も、重蔵には容易に察せられた。それ故、自らが配流《はいる》の身でありながら重蔵を案じる矢部の心に応えねばならなかった。

だから重蔵は、それ以上何も聞かず
「ご苦労だったな、喜平次」

ただ喜平次を労《ねぎら》った。

矢部定謙の訃報が江戸に届けられたのは、それからまもなくのことである。

そのとき重蔵は、如何なる感情を発露したらよいのかわからず、一瞬間惑乱した。

そのことを重蔵に告げたのは、よりによって、新任奉行の鳥居耀蔵であった。

「先の奉行、矢部駿河守《するがのかみ》が、お預け先の桑名で亡くなったそうだ」

故人を悼《いた》む気持ちに溢れた、如何にも沈痛そうな顔色、言葉つきであった。

(なにをぬけぬけと——)

とは、重蔵は思わなかった。

鳥居耀蔵が老中に讒言《ざんげん》したため、矢部が故もない罪に問われ、蟄居《ちっきょ》の果てに、伊勢桑名藩へお預けとなった、という俗説を、重蔵は必ずしも鵜呑《うの》みにしてはいなかった。

矢部が何《いず》れ老中の怒りを買うであろうことは、度々《たびたび》矢部自身の口から語られていたとおりで、重蔵も充分に承知していたし、鳥居耀蔵という男は、重蔵の見る限り、ただ偏《ひとえ》に権勢を求める貪欲な人間とも思えなかった。ただほんの少し、矢部や自分とは、目に映る景色や物事が違うだけなのだと思った。いや、思い込もうとした。

「それがしは、これにて——」

辛うじて礼を失さぬ程度の態度を保ちつつ、重蔵は鳥居の部屋から辞去した。そこからは一目散に渡り廊下を渡って内玄関を目差した。なるべく人に会わぬよう、一刻も早く、奉行所を出たかった。

その重蔵を、同心御用部屋の前の廊下で見かけた林田喬之進は、

「戸部さん——」

声をかけようとして、だが躊躇《ためら》った。

「お疲れさまです」

の一言が、何故か口をついて出なかった。

足早に通り過ぎる戸部の面上に、そのとき、いつもの彼らしからぬ暗い表情を見出したからなのか。或いは、その表情が意味する重蔵の気持ちまでは忖度《そんたく》できぬが、だからといって、気安く声をかけていいとも思えなかったからなのか。だが、

「喬、いま帰りか」

意外にも重蔵は喬之進の姿を認め、笑顔で声をかけた。

「朝からご苦労だったな」

笑顔で言って、そして足早に去った。内玄関からひっそりと出て行くその背中を、喬之進はぼんやり見送った。

その日未明、やや強めの地震があったため、彼方此方《あちこち》で火事が発生し、それに乗じて押し込みも多発した。裕福なお店《たな》が襲われ、多くの者が命を落とした。奉行所は早朝から大忙しだった。そんなときに、日頃は人一倍仕事熱心な重蔵が一人、帰って行く。

奉行所をあとにした重蔵はその足で自宅に帰り、心配顔で出迎える下男の金兵衛《きんべえ》に面倒な用を言いつけて家から遠ざけた。そうしておいて縁先から井戸端に降り、無意識に釣瓶《つるべ》を引き上げた。引き上げ、桶《おけ》の中に満々と湛《たた》えられた水を、やおら頭から、

ざばッ、

と浴びた。

真冬のさ中である。にもかかわらず、寒さは全く感じなかった。溢れ出る涙を洗い流すにはそれしかないと信じるが故の行動であった。

ために、一度では足りず、何度もかぶった。

「うあああああ〜ッ」

涙に遅れて、声も漏れた。

獣《けもの》の咆哮《ほうこう》にも似た泣き声だった。

「彦五郎兄〜ッ」

悲しみが堰《せき》を切って溢れ、更なる咆哮を発した。何度も何度も釣瓶を手繰《たぐ》り、水を浴びた。季節柄、水は氷の冷たさである筈なのに、ちっとも寒さを感じなかった。重蔵の慟哭《どうこく》は容易にやまず、結局言いつけられた用を成し終えた金兵衛が帰宅したときも、彼はまだ井戸端にいた。

「ところで旦那、十日ほど前に死んだ駿河町の河内屋《かわちや》の主人のこと、ご存知ですか？」

「ああ、突然ぽっくり死んだんだってな。風邪一つひいたことのない男が、朝、寝床の中で冷たくなってたって言うんだろ。卒中《そっちゅう》かい？」

重蔵は喜平次に問い返したが、必ずしも興味を持っているわけではないらしく、堀端を歩く足どりは変わらない。

足早に行き過ぎる者たちの影も家々の軒も、すべてが薄灰色に閉ざされた景色の中で、ぼんやり灯《とも》りはじめた赤提灯《あかちょうちん》の明かりだけがいやに優しく目に映えた。

「いえ、それが、どうもそうじゃねえらしいんですよ」

重蔵が話に乗ってくることを期待して喜平次は言うが、重蔵の反応はあまり芳《かんば》しいものではない。

「そうじゃねえとは？」

「殺されたんじゃねえか、って噂があるんです」

「殺されたなら、番屋に届け出る筈だろう」

「それはそうなんですが……朝、いつもは早起きの旦那がいつまでたっても起きてこねえんで、女房に言われて起こしに行った若い女中が、めった刺しの旦那の死体を見て、恐ろしさのあまり、その日から寝込んじまったって話もあるんですよ」

「権八《ごんぱち》から、そんな話は聞いてねえぜ」

「権八親分は、いまは押し込みのお調べで忙しいでしょうから……」

「家の者が、殺しを届け出ねえ理由があるとすりゃあ、一体なんだ？」

「さあ……」

鋭く問い返されて、喜平次は途方に暮れた。それが容易にわかるくらいなら、はじめから、重蔵に話してはいない。

「一家の主人が殺されて、家族がそれを届け出ねえとしたら、理由はただ一つ、家族の誰かが下手人だからだろう。或いは、家族全員で共謀してやったか——」

「なるほど。家族が殺したとすれば、そりゃあ、届け出るわけにはいきませんね。けど、どうして家族が主人を殺さなきゃなんねえんでしょうね？」

「河内屋の主人とはどんな男だ？」

「さあ、おいらもよくは知りませんが、ここ十年くらいで商売に成功して、一代で店をおこしたようですよ」

「河内屋というのは、金貸しか？」

「いえ、確か、笊《ざる》だの桶だの、荒物《あらもの》を商《あきな》う店でしたよ」

「このご時世に、金貸し以外の商売で成功するなんざ、よっぽどいい後ろ盾を持ってるか、阿漕《あこぎ》な真似してきたか、どちらかだ。大方、家族を牛や馬みてえに扱うような、そんな野郎だったんじゃねえのか、……もし本当に、家族に殺されたんだとしたら、な」

「けど、殺しだとしたら、下手人をあげねえと……どんな理由があろうと、殺しは駄目でしょう」

「もう、葬式も野辺送りもすんでるんだろ？」

「ええ、たぶん——」

「じゃあ、無理だな」

「え？」

「死体を調べりゃあ、殺しか殺しじゃねえかは一目瞭然だが、もうとうの昔に埋められちまってるんだ。確かめようがねえ。まさか、墓を掘りおこすわけにはいかねえだろ」

「それはそうですが……」

喜平次には、もうそれ以上食い下がることはできなかった。

「なんとかならねえんでしょうかね」

「ならねえな」

にべもなく重蔵は言い、喜平次のほうなど見向きもせずに歩き続けた。

そして、辻の手前まで来ると、喜平次が進もうとする方向とは別のほうへ行ってしまう。

「旦那、お帰りになるんですか？」

「ん？……ああ」

「うちに寄って行きませんか？……年が明けてから、まだ一度もいらしてないでしょう。お京のやつが、旦那はどうして来てくれねえんだ、ってうるさくて……」

「すまんな。一人で呑みてえ気分なんだ」

「新吉爺《じい》さんの店ですか？」

「爺さんとはひでえな。あいつはああ見えて、俺より若いんだぜ」

重蔵は淋しげに苦笑した。

新吉の店には、何度か喜平次も連れて行った。料理が美味《うま》いと喜んでいた。

「お京によろしくな」

「はい、ご用があれば、なんなりと──」

軽く手を振って去って行こうとする重蔵に、喜平次が慌てて声をかけると、

「ああ、またな」

背中から応えて薄闇の先へと去って行く。その淋しげな男の背が、視界の果てへと完全に消え去るまで、喜平次は見送り続けた。

重蔵の慟哭は、未だ続いている。喜平次の目にはそう見えた。

(くそッ、旦那のあんな顔、金輪際見たくねえんだよ)

見送る喜平次の胸にも、やりきれぬ思いだけが溢れていた。

第二章　《夜桜》お高

一

日本橋室町《にほんばしむろまち》二丁目。

駿河町の通りに立って南西の方角を望むと、江戸城本丸と富士山とを同時に望むことができる。

真正面に江戸城、その背後に富士山という絶妙の構図は、古くから、多くの絵師が題材にしてきた。江戸随一とも言われる風光を慕って、通りには多くの人々が集う。

そのため、古くから、この界隈に軒を連ねる店の多くは例外なく繁盛していた。越《えち》後屋《ごや》をはじめとして、江戸を代表する大店《おおだな》も多く犇《ひし》めいている。

老舗《しにせ》でもない河内屋が一代でこの通りに店を構えられたのだから、亡くなった主人の才覚は生中《なまなか》なものではなかったのだろう。

故人である河内屋の主人は、その屋号どおり河内の国の出身で、商人になろうと志し、江戸に出て来たらしい。

河内生まれの男が商人になるなら大坂《おおさか》のほうが近いし、商売の本場でもあると思うのだが、彼は江戸を選んだ。余程江戸への憧れが強かったのだろうか。

（いまとなっちゃ、本人に訊くわけにもいかねえしな）

忌中《きちゅう》の紙が貼られた河内屋の前にしばらく佇《たたず》み、重蔵はそんなことを考えた。

（評判は、そんなに悪くねえんだよな）

先日近所の者たちに聞き込んだ故人の人となりを思い出しながら、早朝の寒さに堪《た》えきれず重蔵は思わず大きく身震いする。

主人の喪が明けるまで、まだしばらくは店を閉めているだろう。

（子供はいねえそうだし、身代《しんだい》は誰が継ぐんだろうな）

思いつつ無意識に肩を竦《すく》め、重蔵はそそくさと歩き出した。

妙な噂が出まわっている河内屋の主人の死に、もとより興味のないわけがなかった。

押し込みのほうが片付いたら、密かに調べてみようと思っていた矢先である。

（それを喜平次の野郎、余計な気ぃまわしやがって……）

喜平次は喜平次なりに、重蔵を案じているということくらい、重蔵にはお見通しだ。

（野郎、いつからそんなお節介になりやがったんだ）

まさか、自分のせいだとは、夢にも思わない。盗みの世界でも常に一匹狼で、およそ余人に心を開くことのなかった喜平次が、他人の心の中を忖度《そんたく》し、あれこれ気をまわすほどに人変わりしたのが、《仏》と呼ばれる重蔵との関わり故なのだとは、当の重蔵にすら、思いもよらぬことだった。

（もし女房が、亭主を殺したんだとすりゃあ、仮にてめえで手を下さず、誰かに殺させたとしても、女中を見に行かせたりするわけがねぇ。刃物で殺されて血を流してる亭主の死体を見られちまったら、病死と言い張るのは難しいからな。喜平次の言ってたことがすべて事実だとすりゃあ、河内屋の主人は何処の誰とも知れねえ奴に殺されたのに、家族ぐるみでそれを隠してることになる――）

喜平次が案じるほどには、重蔵の心は死んでいない。河内屋の死の真相を追求しようという気持ちも、大いにあった。

大いにあるものの、重蔵の足どりはどこか重い。重く――或いは、どこか病んでいるのではないかと思わせるほど疲れている。

結局、主人の四十九日が過ぎて店が開けられるまで、重蔵は河内屋の関係者に会うことができなかった。

河内屋は、死んだ主人が一からはじめたため、番頭《ばんとう》から手代《てだい》、丁稚《でっち》、下働きの女中まで含めて、十数名から成る、この界隈《かいわい》では比較的小所帯のお店《たな》であった。古参の番頭にも通いの者は一人もおらず、使用人は全員お店に住み込んでいる。

お店ができてまだ十年ほどだというから、番頭でも、おいそれと外に所帯を持つことが許されないのかもしれない。

店の中に寝泊まりしている使用人たちは皆、喪が明けるまで、一歩も外へは出て来なかった。彼らのための食材は、決まった振売《ふりう》りの者に予《あらかじ》め頼んであるのだろう。朝夕、勝手口で見張っていたが、下働きの女中が買い物に出て行く様子はなかった。

とはいえ、店が開いたからといって、奉行所の与力が唐突に店を訪れる理由も見当たらない。

もし、家人たちが共謀して主人を殺したのだとすれば、町方に対しては殊更《ことさら》警戒するだろう。

(しょうがねえ、先ずは出入りの者にでも聞き込むか)

と思案をしているとき、藍《あい》色の暖簾《のれん》を掻き分けて、見覚えのある女が店の外へ姿を現した。

番頭か手代かわからぬが、店の者が親しげに送り出しているところをみると、店にとっては馴染みの上客なのだろう。

（《夜桜》お高——）

重蔵は反射的にそのあとを尾行《つ》けた。

だが、女のあとを尾行けるという、あまり経験のない事態に興奮する暇もろくに与えられず、

「あたしになにか、ご用ですか、旦那？」

ほんの数間《けん》行ったところで、お高が重蔵を振り向いた。

本当は、もっと早く振り向いてもよかったのだろう。だが、往来のど真ん中では憚《はばか》りがあったので道端に寄り、行き過ぎる人々の邪魔にならぬよう、場所を選んだのだ。

「悪いが、聞きてえのは、俺のほうだ。舟宿の女将《おかみ》が、喪があけたばかりの荒物屋に一体なんの用だい？」

重蔵は、狼狽《うろた》えた顔を見せぬよう細心の注意を払いながらお高と対した。

「お悔やみを言いに」

「え？」

「河内屋のご主人は、うちの常連さんだったんですよ」

「あ、そうなのかい」

重蔵は完全に虚《きょ》をつかれた。

店の主人が問屋仲間たちと川遊びしたり、屋形船を商談に使ったりするのは、別に珍しいことではない。

「しかし、女将が、こうしょっちゅう出歩いてたんじゃ、商売にならねえんじゃねえのかい」

「この寒空の下、屋形船に乗ろうなんて酔狂なお客はいませんよ。それに、あたしがいなくても、家の者たちがちゃんとやってくれてますから」

「そ、そうかい」

悔しまぎれの重蔵の皮肉にも全く動じぬお高を、重蔵は内心持て余す。

(かなわねぇな)

「ところで、お店を見張ってらっしゃったのは、どういうわけなんです？」

「いや、別に、見張っていたわけじゃねえよ」

「じゃあ、ご用もないのに、こんなところでなにをしてらしたんです？」

とまでは訊かず、お高は、ふふっ、と意味深な笑いを漏らす。どう見ても、重蔵の内心の動揺を嘲《あざけ》っている顔つきだ。

「旦那も、噂をお信じになりますか？」

「…………」

「そうじゃなきゃ、ここへはいらっしゃいませんよね」

「いや、俺は……」

「旦那も、河内屋さんは何者かに殺されたとお思いなんでしょう？」

お高はやおら口調を変え、鋭く切り込んできた。その視線の強さに、重蔵は一瞬呆気にとられた。さながら、猟師に追いつめられた野兎《のうさぎ》の心地である。

だが、ここまできて、今更取り繕《つくろ》う必要もないことに漸《ようや》く気づき、気を取り直した。

「おめえさんは、主人の遺体を見たのかい？」

「いえ、あたしは生憎《あいにく》都合が悪くて、お通夜にもご葬儀にも来られなかったものですから」

だから今頃お悔やみを言いに来てるんじゃないですか、とまでは口にしないが、重蔵の耳には、声にならないお高の言葉がしっかり届く。

（悪かったな、察しが悪くて——）

心の中でだけ言い返し、

「じゃあ、朝、主人を起こしに行って死体を見つけた女中の話は聞いてるか？」

　更に問うと、

「いいえ」

　とお高はあっさり首を振った。

「河内屋さんは昨日までお店を閉めてて、家人たちにも固く出入りを禁じてましたから」

「いくら喪中だからって、普通そこまでするものかな？」

「さあ、どうでしょうねぇ」

「とぼけなさんな。おまえさんだって、おかしいと思ってるから、様子を見に来てるんだろ」

「あたしはお悔やみを言いに来ただけですよ。お通夜にもお葬式にも来られなかったから」

「まあ、いいや。で、店の様子はどうだった？」

「そりゃあ、ご亭主が亡くなったんですから、おかみさんは鬱《ふさ》ぎ込んでるし、使用人たちもみんな、辛《つら》そうでしたよ」

「そうかい」

「もっとも、後継《あとつ》ぎもいないし、おかみさんは店をたたんで、ゆくゆくは田舎《いなか》に引っ込むつもりのようですよ。いま店にある品物を売り切ったら、使用人はみんな暇を出されるそうですから、それで暗い顔をしてるのかもしれませんけどね」

「店をたたむのか？」

「ええ、おかみさん一人じゃあ、どうにもならないから、って」

「そりゃあ、勿体《もったい》ねえな。繁盛していたんだろうに」

「ところが、そうでもないらしいんですよ」

「繁盛してなきゃ、あんないい場所に店は構えられねえだろう」

「店を出した頃はよかったのかもしれませんけど、近頃はあんまりうまくいってなかったようで、お上《かみ》へ納める運上金も工面しきれなくて、問屋仲間から借金したりしてたようなんです」

「まあ、このご時世だからな。お店はどこも厳しいのかもしれねえな」

訳知り顔で肯《うなず》いてから、

「おまえさんが河内屋の内情に詳しいのは、お得意さんだからってだけじゃなさそうだな」

重蔵は重蔵で、探りを入れてゆく。

「河内屋のことを調べてたのは、火盗改頭《かとうあらためがしら》の命《めい》を請《う》けてのことかい？」

「こんなところで、いつまでも立ち話もなんですから――」

お高は答えず、目顔で重蔵を促した。

「少し、歩きましょう」

小声で囁くなり、通りの端を、人波の流れに沿って歩き出す。

仕方なく、重蔵はそれに順《したが》った。まだ陽が高い。身なりのよい武士と、婀娜《あだ》っぽい風情《ふぜい》の町方の女がしんねこな様子で立ち話をしていてはいやでも人目《ひとめ》につく。

僅かに数歩行ったところで、お高が不意に足を止めた。いや、小石にでも躓《つまず》いたのか、足下《あしもと》が蹌踉《よろ》めいたようだ。重蔵はすかさず腕を差し伸べようとした。

「死んだ河内屋の主人・与吉《よきち》は、その昔、盗っ人一味の手下で、何人もの人を殺《あや》めてきた極悪人なんです」

蹌踉けたふりをして重蔵の肩に凭《もた》れつつ、その耳許《みみもと》に、お高は低く囁いた。

(なんだと！)

声にはださずに、重蔵は驚いた。

(そんな話、喜平次から聞いてねえぞ！)

もしそれが本当だとすれば、何者かによる河内屋謀殺も、全く別の意味を帯びてくる。

「すみません、旦那」

至極自然に頭を下げ、お高は素早く重蔵の傍《そば》から離れる。束の間鼻腔を擽《くすぐ》る甘い香りに、重蔵は不覚にも陶然としかけた。

「お暇なときは、うちの店にでもお立ち寄りくださいな」

一礼して、お高はそのまま歩き出す。呼び止め、呼び戻したい気持ちを懸命に堪えて見送ると、前回と同様、お高は忽《たちま》ち人波の中に姿を消した。

お高の姿が完全に視界から消失しても、なおしばらく、重蔵はその場から離れられなかった。艶冶《えんや》すぎる女の雰囲気にすっかり呑まれ、茫然と見とれていた。

深川東町菊川橋《きくかわばし》寄りにある舟宿「ちどり」は、そもそも寛政《かんせい》の頃より三代続いた老舗であるらしい。

後継ぎが途絶えて売りに出されていたのを、数年前居抜きで買い取った者がいた。それが誰なのかはわからない。

わからないがしかし、それ以後、お高が「ちどり」の女将を務めるようになった。雇われ女将であることは間違いないが、その雇い主が誰なのかは定かでない。仮に、出資元が火盗改だとしても、否、そうであるなら尚更、それが表沙汰にならぬように偽装する。即ち、架空の主人を作り出すのだ。重蔵の見る限り、「ちどり」には、そうした、世間を偽るための作為が、幾重にも張りめぐらされていそうであった。

出入りする客や振売りの中には目つきが鋭く、身ごなしに隙のない者も少なくない。向かいの鰻屋《うなぎや》の二階から四半刻ほど見張った限りでも、到底堅気《とうていかたぎ》とは思えぬ男が、少なくとも三人は入って行った。

(密偵どもの溜まり場になっているのだろう)

と、重蔵は確信した。

敵地へ乗り込む前に、できる限り敵に対する情報を得ておくのは、兵法の常道だ。火盗改の密偵であるお高は、別に重蔵の敵ではない筈だが、それくらいの覚悟で臨《のぞ》まねば、海千山千《うみせんやません》のあの女とまともに話をすることもできないだろう。

「うちの店にお立ち寄りください」

というお高の誘い言葉は、即ち、

「うちに来てくだされば、知ってることはすべてお話しします」

の意味であると、重蔵は解釈した。

しかし、なにも知らずに相手の懐に飛び込むのは早計だ。なにしろ敵は、歴戦の強《も》者《さ》である重蔵にとってさえ、得体の知れない化け物である。

重蔵なりに下調べをして臨むのは当然のことだった。

記録によると、お高の情夫であった《花房》の藤五郎がお縄になったのは、矢部が火盗改の頭となった文政《ぶんせい》十一年、師走のことである。重蔵が火盗に配属されたのも同じ年の筈だが、覚えがないのは、藤五郎の捕縛がそれよりほんの少し前のことだからだろう。

密偵というものは、職務の性質上、組織ではなく人——この場合は火盗改の頭である矢部定謙にだけ属するものだから、配下がその存在を知る必要はないし、寧《むし》ろ知られぬほうが望ましい。

とはいえ、日頃自分の仕える人間の周辺に頻繁に出入りする者があれば、なんとなく気がつく。現に、お高以外の密偵の顔を、重蔵はだいたい見知っていた。

なのに、お高のことだけは、知らなかった。

密偵は組織に属しているわけではないから、仕えていた主人が他の部署へ異動になれば、大抵はお役ご免となる。だが、密偵のほうが強くそれを望めば、次の主人に引き継がれることもある。火盗改のような職務を全うするためには優秀な密偵は是非とも抱えておきたい。

お高はこの十数年のあいだ、歴代の火盗改頭に仕えてきたのだろう。矢部が火盗改頭の職を辞してからもなお数年、重蔵は火盗改にいたが、お高の存在は終《つい》に知らぬままだった。

(喜平次の野郎は、頭のいい女だと言ってたが、相当なもんだな。それに、要領もいい)

じっくりと焼き上げられた蒲焼きを、二合ほどの酒とともに半刻かけて平らげてから、重蔵は漸《よう》く重い腰を上げた。鰻屋を出て、舟宿「ちどり」に向かうためだった。


「まあ、旦那、早速いらしてくださったんですね」

お高は重蔵を見るなり愛想のいい笑顔を満面に浮かべて迎え入れた。

商売用の笑顔だとしても、強《あなが》ち悪い気はしない。

「なにがお好きです？　今日は鮟鱇《あんこう》のいいのが入ってるみたいですが、お嫌いですか？　うちの板前、結構腕がいいんですよ」

「いや、腹は減ってないんだ」

奥の座敷に重蔵を通すなり、嬉しそうに問うてくるお高にそう答える際、少し気が引けた。まさか、こんなに歓迎してくれるとは思っていなかったのだ。それ故、向かいの鰻屋で食べてきたばかりだとは、口が裂けても言ってはならない、と重蔵は思った。

「そうですか」

お高は明らかに落胆した顔になった。

路上で二度ほど立ち話をした際には、隙のない、油断のならない女だと感じたが、いまはまるで別人のようにも見える。

だが、だからといって、いま重蔵に見せているこちらの顔がこの女の本性とは限るまい。

「でも、お酒なら召しあがれますでしょう？」

一旦座敷を去ったお高は、しばし後、膳に酒肴《しゅこう》を調《ととの》えて現れた。

「まいったな。まだお役目の途中なんだが」

「少しくらい、いいじゃありませんか。縁起物ですから。……旦那が、今日口開けのお客様なんですよ」

と言いつつ、膳を重蔵の前に置いたお高は、猪口《ちょこ》を彼の手に持たせると、有無を言わさず注ぎかけた。

「そんなつもりじゃなかったんだが……」

困惑しつつも、重蔵はそれを飲み干した。小鉢に盛られた肴は、酒で蒸し上げた鮟鱇の肝《きも》に、もみじおろしと酢醤油をかけたものだ。この季節、酒飲みにとっては最上の肴《さかな》であり、重蔵の好物でもある。

「どうぞ、召しあがってくださいな」

促されて箸をとり、ひと切れつまんで口に入れる。適度な弾力とともにえもいわれぬ旨味が口腔に広がった。ゆっくりと咀嚼《そしゃく》し、その旨味が未だ口内から消えぬうちに、もう一杯、注がれた酒をそこへ流し込んだ。鮟鱇の肝の旨味を酒の旨味が追いかける──これはまさしく、理想的な酒の味わい方だ。

(美味《うま》いなぁ)

何杯か、無防備に酒を愉しんでしまってから、

(なにをしてるんだ、俺は──)

重蔵はふと我に返って、猪口を置いた。

「いけねぇ、こんなに飲んだら、酔っぱらっちまうよ」

「まさか。一合や二合、どうってことないじゃありませんか」

お高は妖艶な笑みをみせるが、もうそれ以上重蔵の目は眩《くら》まなかった。

「いや、俺が酒を馳走になりに来たわけじゃねえことは、お前さんが一番よくわかっ

てんだろ」

「………」

お高は無言で、差しかけた徳利を引っ込める。

「では早速、河内屋与吉の話をいたしましょうか？」

またもやガラリと表情を変えてお高は言った。

相手の出方を窺《うかが》う、老獪《ろうかい》な女《おんなかんじゃ》間者の顔だ。

「いや、なにもそう、話を急《せ》くことはねえ」

相手の用意した手札を素直に受け取るのがいやで、重蔵は首を振った。適度な酔いのおかげで、心に余裕が生じていた。

「矢部様が火盗改を去るとき、なんでお前さんが火盗の密偵をやめなかったか、そこらへんの話から聞かせちゃもらえねえかな」

重蔵にとっては、相手をやり込めて優位に立つための苦肉の策だったのに、

「いいえ、やめました」

事も無げにお高は言った。

「え？」

「矢部様が火盗改頭から堺《さかい》奉行にご出世なさったとき、矢部様は、『お前はもうお役

ご免だ。好きにせよ』とおっしゃってくださいました。ですから、お言葉に甘えて、火盗の密偵はやめさせていただきました。好きにしていいのなら、あたしは矢部様のお役に立ちたいと思いまして」

「矢部様のお役に？」

「はい。ですから、矢部様のおそばに――」

「つ、ついて行ったのか、上方《かみがた》まで？」

「はい」

勢い込んで問う重蔵に、お高はあっさり肯いた。お高のその誇らしげな顔を、信じられない思いで重蔵は見返す。

「矢部様が、それを許したのか？」

「はい。慣れぬ上方での勤めも、そなたがいてくれれば心強い、と……」

「…………」

「堺から大坂まで、お伴させていただきました。ですが、大坂奉行の任期を終えられる少し前に、『江戸に戻れば、今度は城勤めになるかもしれぬ。そうなれば、そなたに用を頼むこともなくなるだろう。もし、そなたにその気があるなら、江戸に戻って後、再び火盗改のために働かぬか』とお訊ねになられましたので、『はい。そうさせていただきます』と二つ返事でお答えしました」

「どうして？」

「え？」

「何故そこで、二つ返事で答えられる？」

「何故と言われましても……」

「密偵の仕事の、なにがそんなに嬉しいんだ？　早い話、昔の仲間を売るようなものだろう。いつ正体がバレて、命を狙われぬとも限らねえ。そうだろ？」

「はい」

「だったら、なんで……」

「ああ」

「戸部様は、あたしの昔を、もう大概ご存知ですね？」

「だったら、おわかりでしょう」

言ってから、お高はしばし目を閉じた。深く息を吸い、何事かを胸に反芻《はんすう》している顔つきだった。

「あたしには、二人の恩人がいます。《花房》の藤五郎と、藤五郎を召し捕った火盗改の頭・矢部定謙様です」

「…………」

「藤五郎のおかげで、あたしは命を助けられ、矢部様からは、生きる希望をいただいたんです」

「希望?」

「はい、己の罪を悔いて、償《つぐな》うことができる、という希望です」

言葉を継ぐお高の表情に、迷いはなかった。

「お縄になったときから、覚悟はできてます。もう、いつ死んだっていいんです。だったら、少しでも誰かの役に立って死にたいじゃないですか」

なんの迷いもない美しい顔から発せられるお高の言葉を、だが重蔵は半信半疑で聞いていた。

「本気か?」

喉元にこみ上げた問いだけは、さすがに呑み込んだ。女の本気を疑うのは、野暮《やぼ》というものだった。

二

(お高のやつ、どこまで本気なんだか)

帰る道々、重蔵はそのことばかり考えていた。

あたりを被《おお》いはじめた夜の帳《とばり》が、その行く道を昏《くら》く閉ざそうとしている。重蔵の足どりは相変わらず重かった。

お高の告白があまりに衝撃的過ぎて、肝心の河内屋のことは、あまり聞き出せなかった。

どうせ河内屋はもう死んでいるのだから、その前身が盗っ人であろうが極悪人であろうが、どうでもいい、という気持ちが少なからずあった。

それよりも問題は、矢部とお高との関係である。

(まさかとは思うが……)

重蔵は何度も自問自答し、

(いや、そんなこと、あるわけがないだろう)

その都度激しく、己を叱りつけた。

否定しても否定しても、否定しきれぬものがある。

酒の酔いで意識が混濁しつつあるせいもあってか、重蔵の脳裡に描き出される矢部の顔が、今日はいつもと少し違っていた。

重蔵のよく知るそれよりも、心なしか男前で、どこか若々しいようなのは気のせいか。

お高の話を聞けば聞くほど、重蔵の胸には一つの疑念が湧いた。

即ち、

（お高は、彦五郎兄の女だったんじゃねえのか？）

という疑念が。

それが事実であれば、矢部がお高を上方まで伴った不可解な行動の謎が氷解する。

盗っ人の世界に詳しいとはいえ、お高の行動範囲は江戸である。上方の事情にどれほど通じているか定かではない。

お高にしても、理由もなく、馴染みの薄い土地へなど行きたくはないだろう。

だが、矢部に惚れて、ついて行ったのだとすれば納得できる。お高のような抜け目のない女が、利害を度外視して動くとすれば、男に惚れたとき以外にない筈だ。

が、そもそも、お高のような女が、本気で男に惚れることなど、あり得るのだろうか。《花房》の藤五郎親分の情婦になったのだって、どうせ損得尽くだろう。では、得意の色仕掛けで、火盗改頭である矢部をも誑《たら》し込んだのだろうか。

（いや、彦五郎兄に限って、それはねえだろう）

重蔵は夢中で否定する。

（彦五郎兄が、よりによって、お縄にした罪人の女になんぞ、手を出すわけがねえ）

とも思う。

堅物《かたぶつ》の矢部からは、一度も吉原《なか》のような遊里に誘われたことはないし、彼には最も似つかわしくない場所だとも思っていた。

だが、色里の女に興味がないからといって、女全般に対して興味がないということにはならない。

（それに、いまだって、あの器量、あの色香だ。……二十代の終わりの頃には、どれほどいい女だったか……）

想像することすら、重蔵にはそら恐ろしい。その当時の矢部は、いまの重蔵よりも若かった。いい女を見れば、素直にいい女だと思ったことだろう。

（いや、それでも、彦五郎兄に限って、絶対にあり得ねぇ）

重蔵は無意識に首を振る。

（けど、それならなんで、彦五郎兄はお高を上方に連れてったんだ？）

打ち消しても打ち消してもなおこみ上げてくる疑問が、重蔵の四肢を鉛の如く重くしていた。いや、四肢の重みは、過ごした酒の酔い故かもしれないが。

（そもそも、お高が嘘をついてるのかもしれねえし……だいたい、あの女、生まれながらの嘘つきじゃねえか）

と気安め半分に思ったとき、ヒヤリとする川風に頬を掠《かす》められて、重蔵はふと我に返った。

ざわッ、
と一瞬、背筋が凍った。

（三人……いや、五人いるか？）

風が運んできたものの中に、微量ながらも違和感を覚える。もとより、重蔵にとってはお馴染みの違和感だ。

即ち、「殺気」という名の、違和感である。

しばし川端の柳の幹に凭《もた》れ、気配を窺《うかが》った。

飲み過ぎて気分が悪くなった感じを出すため、やや俯き加減になり、これ見よがしの渋面《じゆうめん》を作る。

(前に五人、後詰めはなし、か……)

確信してから、重蔵はつと踵を返し、元来た道を足早に戻りはじめた。

一つ先の辻で待ち伏せしていた五人の浪人者は当然慌てた。慌てて重蔵のあとを追おうと走り出した。

走り出したとき、早くも抜刀している者もある。

走り出した浪人たちの足は、だがほんの数歩行ったところでピタリと止まった。

追いかけるべき相手が、彼らの目の前にいたのだ。

「あ」

中には小さく声を漏らしてしまった者もいた。

不意に走り出すと見せかけて、だがほんの数歩行ったところで重蔵は足を止め、振り向いたのだ。

「なんの用だ？」

「おのれッ！」

重蔵からの問いを合図のように、浪人たちは重蔵に斬りかかった。

重蔵は一歩退《ひ》いてすべての刃をかわしざま、ゆっくりと刀を抜いた。

「…………」

退いておいて、次の瞬間、高く跳んだ。

跳びざま、刀を振り下ろす。

「ぎゃッ」

真正面の男に向かって振り下ろしたつもりなのに、何故か向かって右側の男が悲鳴を上げ、刀を取り落とした。

(まずい……酔っている)

重蔵は内心青ざめる。

自分では真っ直ぐ進んでいるつもりだが、酔いのせいで無意識に足下がふらついているのだろう。

「死ねぃッ」

怒声とともに、狙いをつけた正面の男が重蔵の懐めがけて飛び込んでくる。

目をつけたのは、そいつが一番の遣い手だと踏んだからに相違なく、多数の敵を相手にする際、その中で一番の遣い手から倒すのは戦いの常道だ。

ギュシッ、

相手の突きをかわしざま、身を捻りつつ逆袈裟《ぎゃくけさ》に斬り上げた重蔵の刃と、突きから転じてすぐさま構え直した敵の刃が、まともにぶつかった。

咄嗟《とっさ》に刀を押し返し、体勢を整えるため一歩退く。

睨んだとおり、そいつはなかなかの遣い手だった。だが、素面《しらふ》の重蔵であれば、もっと楽に倒せた筈である。

(まずい)

重蔵は心中の焦りを隠せなかった。果たして敵は、重蔵が酩酊《めいてい》していることを承知の上で襲ってきたのだろうか。

少なくとも、舟宿を出たところからずっと尾行《つ》けられているという認識はなかった。

否、酔いが深すぎて、尾行けられていることにも気づかなかったのか。

だいたい、いま思えば、どれくらい飲んだのか、正確な量すら定かでない。お高に勧められるまま、調子にのって猪口をあけていた。

(二合徳利、三本から先は数えてねえ)

心中舌打ちする思いで、重蔵が刀を構え直したときである。

「待てぇ——いッ」

不意に背後から、野太い叫び声があがった。それとともに、
どどど……

と重い足音が近づいてくる。何者かが、重蔵の背後に迫り寄って来たのである。

これがもし新たな敵であれば、

(万事休す――)

だと重蔵は覚悟した。

どの方向から斬りかかられても対処できるよう、柳の幹を背にしているが、実際に鋭く斬り込まれたら、体勢を変えて応戦せざるを得ない。背後ががら空きになったとき、奴らは容赦なくそこを襲ってくるだろう。

ところが――。

「待て、待て、待てぇ――い、溝鼠《どぶねずみ》どもッ。南町奉行所与力を襲うとは、お上《かみ》を恐れぬ不届き者どもがぁッ」

野太い男の声音は、大声で賊どもを叱責しながら駆け寄ってきた。

そして、重蔵のすぐそばまで来ると、

「加勢いたすぞ、戸部殿」

言うなり抜き打ちに、手近の一人を斬り捨てた。

ばさッ、
蝙蝠《かわほり》が羽ばたくときのような音がしただけで、そいつは声もなく地べたへ頽《くずお》れた。

まさしく、抜く手も見せず、と評するに相応《ふさわ》しい、鮮やかな仕手《して》だった。

「忝《かたじけ》ない、岸谷殿」

息一つ乱さず駆けつけてきた岸谷刑部の横顔に向かって、重蔵は素直に礼を述べた。

「なんの。それがしとて、お奉行のお側に仕える者。奉行所の一員と思うていただきたい」

ばさッ、

淀みなく応えつつ、刑部はまた一刀、振り上げて振り下ろす。すると、

またしても、蝙蝠の羽ばたきの音をさせながら、賊の一人が声もなく倒れる。

重蔵が狙いを誤って刀背《みね》打ちで手首を払った男は、既に刀を取り落として戦闘不能に陥っているから、残る敵は二人。

だが、重蔵が懸命に意識を集中して正面の敵に対するまでもなく、岸谷刑部が、その間合いに、ぐいっと、割り込んできた。

「貴殿は聞こし召しておられる。それがしにおまかせあれ」

力強く請け合う岸谷の背を、複雑な思いで重蔵は見つめた。

が、深く考えさせる暇も与えず、岸谷は、そいつを一刀両断にした。

無造作な上段から、袈裟懸けに一刀——。

ばさッ、

という音とともに、そいつの体が地に伏したときには既に、無傷で残った一人は、蹲《うずくま》った男を助けて逃走している。

(怖ろしい腕だな)

重蔵は内心舌を巻いた。

文字どおり、瞬《まばた》きする間に、三人を斬殺してのけた。全く、なんの躊躇《ためら》いもなく――。

「やあ、戸部殿」

血刀を懐紙に拭って鞘におさめつつ、岸谷は重蔵を顧みて笑った。

「ご無事でなによりでござる」

「いや、忝《かたじけな》い、岸谷殿」

重蔵は困惑した。その迷いのない笑顔が、ただただそら恐ろしかった。

「お見事なお腕前……」

「いや、それほどでも――」

「心形刀流《しんぎょうとうりゅう》とお見受けする。……それがしと、同門《どうもん》であられたか」

「いや、拙者は田舎育ち故、とるに足らぬ傍系でござるよ。拙者の師匠が心形刀流の出故、太刀筋に似たところがあるのでござろう」

「左様か」

　と軽く受け流したときには、重蔵の酔いもすっかり醒《さ》めている。

「ところで戸部殿」

　岸谷刑部は、ふと唇辺《くちべ》から笑いを消し、真顔になった。重蔵は何故だか不思議にホッとした。

「命を助けた、と恩に着せるわけではないが」

「はあ？」

「こうして巡り逢うたのも何かの縁。これより、それがしと飲みにまいらぬか？」

「………」

「冗談でござるよ」

　重蔵の当惑顔をしばし楽しんでから、岸谷刑部は破顔した。

「今宵は、貴殿もだいぶ聞こし召しておられるご様子――」

「面目ない」

「次は必ずや」

「………」

「袖にしないでいただけますかな」

胴震いしそうな笑顔で言うなり、岸谷はやおら重蔵の傍らに近づいた。

「お約束いただいたところで、今宵は、お宅までお送りいたそう」

「え？」

「そのように聞こし召したところを、またぞろ胡乱《うろん》な者共にでも襲われたら一大事でござる」

「い、いや、それには及びませぬ。……まさか、一夜のうちに二度も賊に出遭うことはありますまい」

「と思われるのは早計じゃ」

断固たる口調で岸谷は言い、重蔵の袖を捕らえた。

「賊はときなど選びませぬぞ」

「それはそうですが……」

「それとも、拙者に送られるのになにか不都合でもござるか？」

「いえ、決してそのような……」

しどろもどろで重蔵は応え、結局家まで、岸谷に送られた。助けられたという負い目故、どうしても強く退けることができなかった。

「今宵はよい月夜でござるなぁ、戸部殿」

「まことにもって――」

岸谷に、袖をとられんばかりにして歩く道々、何故この男が、唐突に現れたのかを、重蔵は考えた。

（まさか、あの浪人たちも、こいつが差し向けたんじゃねえだろうな）

半信半疑で重蔵は思い、だがさあらぬていで作り笑いを浮かべていた。

三

カツ――ンッ、
と高く、シシオドシが鳴った。

夜更けの静寂の中では、殊更高く響き渡る。

「どうだ、戸部とは仲良くなれそうか？」

襖越しに発せられた主人の問いに岸谷は応えず、しばし黙って平伏していた。

「どうした、刑部？」

不審に思い、鳥居耀蔵はゆっくりと襖を引き開ける。

「…………」

岸谷刑部は、いつもどおり、そこにいる。

「返事くらいせぬか」

やや苛立《いらだ》って鳥居が叱責すると、

「畏れ入ります」

岸谷はひたすら畏まった。

「で、戸部とはどうなっておるのだ？」

「それが、なかなか……」

「難しいのか？」

「はい。あれでなかなか、容易に心を開いてはくれませぬ」

「まあ、そうであろうな」

え？　という顔をして、岸谷は僅かに目を上げる。

「そなたの顔は見るからに怖ろしい。その顔を見て、容易に心を開く者はおらぬ」

書見台の上の書物に視線を戻しつつ、鳥居は言う。

（そう思うなら、何故仲良くせよ、などと申される――）

岸谷は内心穏やかではない。

主人の命令だから、仕方なく重蔵への接近を試みてはいるが、本音を言えば、重蔵など大嫌いである。

大した家の出身でもない上、（少なくとも岸谷の見る限り）大した苦労もせず、与力に出世した。おまけに、お人好しそうなその外見のおかげで、《仏》の重蔵などと呼ばれ、誰からも慕われる。すべてに於いて自分とは対極にあるかのようなあの男のことを、知れば知るほど憎く思う。

一度は、殺意すら抱いた相手だ。

（あんな奴と、誰が胸襟などひらけるか）

吐き捨てたいほどの気持ちで思っていよう本心など、勿論鳥居の前ではおくびにも出さないが、或いは重蔵には知られているかもしれない。

（そうでなければ、こっちがあれほどしつこく誘っているのだ。いやでも、一度くらいはつきあうのが礼儀というものだろう）

それを忌々《いまいま》しく思いつつ、

「なれど、御前《ごぜん》、戸部以外の与力・同心たちとは、すっかり、うちとけましてございます」

不満にも自慢にもならぬよう、口調に細心の注意を払いながら、岸谷は言った。

「ふむ」

言い訳を嫌う鳥居にしては珍しく岸谷の言葉を聞き流し、

「それで、同心たちのあいだで、儂の評判はどうじゃ？」

書物から顔をあげ、敷居の外にいる岸谷を見て問うた。

「それはもう、頗《すこぶ》るよろしゅうございます」

「まことか？」

「はい。先の奉行は、手柄を立てても少しも歓ばぬ、なんとも情の薄いお人であられたが、今度のお奉行様は、手柄を立てれば惜しみなく称賛し、その労をねぎらってくださる、菩薩のようにお優しいお方だと、口々に申しております」

「そうか」

鳥居は再び、書物に視線を落としたが、唇辺に薄く滲んだ笑みは、満更でもないという気持ちのあらわれだろう。

「日頃誰にでも愛想のよい戸部のような男は、実は存外気難しく、容易に心を開かぬものだが、一度胸襟を開けば、またとない知己《ちき》ともなれよう」

「はい」

「一日も早く、そうなるよう努《つと》めよ。さすれば、そちがなりたくてたまらぬ内与力《うちよりき》にしてやろう」

「はいッ、相務めまするッ」

恭《うやうや》しげに平伏しながら、岸谷は内心ニヤリとする。内与力になれば、鳥居家の用人という立場はそのままに、幕府からも扶持《ふち》をいただき、幕臣の身分を得ることができる。更に、外出時には、槍持《やりもち》・草履取《ぞうりとり》・中間《ちゆうげん》などの供廻《ともまわ》りが従う。そうなれば、身分の上でも戸部を凌駕することができるのだ。

剣の腕だけを買われて鳥居家に召し抱えられた岸谷にとっては、目も眩《くら》むほどの出世といえた。

「必ずや、戸部重蔵の腹心の友となってご覧にいれまする」

もう一度力強く応えつつ、だが岸谷は、

（いつも、一体なにを読んでおられるのだろう）

鳥居の目が熱心に追いかけている書見台の上のものにふと興味を覚えた。

（これだけ連日書見していても、なお未見の書があるのか）

鳥居家の婿養子になるまで、実家の林《はやし》家では学問三昧《ざんまい》だったと聞いている。若い頃から学問漬けで、およそ、知らぬことはなにもないのではないかというほどの学識を積んでいながら、なおこの上、貪欲に知りたいことがあるのだろうか。

「なんだ、刑部？」

そっと顔をあげ、書見台の上の書物を覗き見ようとしたところを、だがあっさり鳥居に見咎《みとが》められた。

「書物に興味でもあるのか？」

「い、いいえ、滅相もございませぬ。それがしなど、文字もろくに読めませぬ」

岸谷は焦った。

もとより、字面を盗み見たところで、それが誰の著《あらわ》した何という書物なのか覚るほどの学識は、岸谷にはない。

「いや、興味をもつのはよいことだ。書を読めば心が豊かになる。……怖ろしい顔は変えられぬが、多少なりとも心が豊かになれば、或いは戸部も、そちに心を許すかもしれぬ」

言いつつ、鳥居は書見台の上の書物を手に取り、畏まる岸谷の膝へ、無造作に与えた。

「え？」

「そなたにやろう」

「よ、よろしいのですか？」

岸谷は驚き、そのままの姿勢で鳥居を仰ぎ見る。鳥居は薄く微笑んでいた。

「よい。持ち帰り、読むがよい。少しは文字を学んでおけ。内与力には、祐筆《ゆうひつ》の役目もある故、文字を知らぬでは務まらぬぞ」

「は、はいッ。有り難く、頂戴いたしますッ」

感激して礼を述べ、葡萄色《えびいろ》の表紙のその冊子を有り難く押し戴いてから、岸谷は鳥居の居室を辞去した。

(御前がついいましがたまで読んでいらした書物……)

薄昏い廊下を歩きながら、逸《はや》る心をおさえて表紙を見る。表紙に綴られていた文字は、

「御伽草紙《おとぎぞうし》」

の四文字だった。

(『御伽草紙』?)

どうやら鳥居にからかわれたということを岸谷が理解するまで、いましばらくのときを要するだろう。

鳥居から与えられた『御伽草紙』の冊子を懐にねじ込んだ岸谷刑部は、御庭をまわ

って奉行所を通り抜け、正面の長屋門から外へ出た。

奉行所の御長屋には、一応寝泊まりするための部屋を与えられている。常に奉行の傍に控えているべき岸谷のような役務の者は、本来奉行所内に寝泊まりするのが望ましい。

だが岸谷は、その宿泊所を、日々の休憩程度にしか利用せず、実は外に家を借りていた。

主人の鳥居にも内緒にしている隠れ家である。数寄屋橋御門《すきやばしごもん》からお堀の外へ出て、川岸を少し下る。賑やかな八丁堀《はっちょうぼり》、日本橋方面と違って、このあたりは貧乏御家人の家が多く、大きなお店なども少ない。

閑《のど》かな街並みから細路地へ入ると、岸谷は足早にそこへ向かった。

いまはただ、一歩でも奉行所から遠ざかりたい。

その家は、通りの外れ、他の家並みからも少し離れたところにポツンと建っていた。何年ものあいだ空き家であったのを、昨年岸谷が買い取った。相場の半額以下という安価であったことから察するに、おそらく、一家斬殺などの惨劇が起こったワケあり物件なのだろう。

もとより岸谷は歯牙《しが》にもかけない。

「おかえりなさいませ」

格子戸に手をかけるかかけぬか、というところで、気づいた家人が迎えに出る。玄関の障子戸を開け、式台から三和土《たたき》へ降りて恭しく出迎えるのは、妻ではなく、若い男だ。青い熨斗《のしめ》目の小袖に濃紺の半袴という若党の姿をしているが、その顔は若い娘のように白く美しい。

「おかえりなさいませ、刑部さま」

若党姿の青年は再度恭しく言って、嬉しさを隠せぬその顔をチラリとあげて岸谷を盗み見た。

「小四郎《こしろう》」

その、子犬のように可憐で従順そうな顔を見ると、岸谷は束の間安堵する。

「相変わらず、耳敏《みみざと》いのう」

「刑部さまの足音ならば、十間や二十間離れていても決して聞き漏らしはいたしませぬ」

「犬のような奴だ」

声をたてずに岸谷は笑った。

怒った顔より数倍怖いと言われるその笑顔を、だが小四郎は僅かも恐れない。それどころか、嬉しくてたまらない。

「お風呂も湧いておりますが、先にお食事になさいますか？」

「そうだな――」

佩刀《はいとう》を腰から外して小四郎の手に渡しつつ、岸谷はしばし逡巡する。

世話女房さながらな小四郎の物言いを、岸谷もまた、満更でもなく思っている。

「今日は疲れた。休みたい」

言うなり岸谷は、磨かれた廊下を大股で歩いて寝所の襖を開けた。寝所の中は冷え冷えとしているが、主人がいつ帰宅してもいいよう、床《とこ》だけはきちんとのべられている。

「た、ただいま、火鉢をおもちいたします」

素早く床の間の刀架に岸谷の大小を置き、慌てて飛び出して行こうとする小四郎の袖を、

「いい」

だが岸谷は、その細い手首ごと捕らえて強く引き戻す。

「あ……」

「火鉢など、要らん」

「でも……」

「じきに、要らなくなる――」

小四郎の華奢な体を両手で羽交い締めして、無造作に布団の上に転がした。華奢な体つきながらも、岸谷直伝の剣の腕は殆ど免許を与えられるに価し、素手でも、大の男を組み伏せるくらいの体技は身につけている。そんな小四郎が、岸谷に対してはまるで無力だ。はじめから、抗《あらが》う気などないのである。

「刑部さま」

小四郎の声音は細く、文字どおり、女のようだった。手慣れた刑部の手に袴の腰紐を解かれているとき、解かれ、脱がされてしまってからも、小四郎は寧ろ自ら、積極的に協力した。

「うぅッ」

「はぁ……」

岸谷の低い吐息と小四郎の甘い喘ぎ声があやしく重なり合い、やがてどちらも途切れて消えた。

四

「少々訳ありの男を一人、こちらで雇ってやってはもらえまいか？」

と重蔵から持ちかけられたとき、お高はさすがに戸惑った顔を見せた。

「その訳ありの男というのは、前科《まえ》のある男、って意味ですか？」

「なんと思ってもらってもかまわんが、俺の口からはっきり言わせるのは勘弁してくれねえか」

「…………」

お高が黙り込んだのは、重蔵の言い分が至極妥当であったためだ。「ちどり」の使用人たちが皆堅気であった場合、前科者と聞けばそれだけで恐れ、過剰に反応する者もいるかもしれない。それ故紹介者である重蔵が、はっきりそうと認めるわけにはいかないのだ。

「安心してくれ。人殺しとか押し込みとか、そんな質《たち》の悪い男じゃねえ。ほんのこそ泥なんだ」

二人きりの座敷の中だったが、声を落として重蔵は言った。

「こそ泥ですか」

重蔵の小声を真似《まね》て呟き、クスリと忍び笑ってから、

「わかりました。他ならぬ戸部様の肝煎《きもい》りです。お預かりいたしましょう」

お高は請け負った。

「すまねえ。恩に着るぜ」

「けど、お給金のほうはあんまり期待しないでくださいよ。このご時世ですからね」

「ああ、雇ってもらえるだけで御《おん》の字だ」

重蔵が内心ホッとしかけたときである。

「でも、困りましたね」

お高がふと眉を曇らせた。

「前にもお話ししたとおり、季節柄、いまうちは暇なんですよ。折角来てもらっても、なにしてもらったらいいんでしょう、そのこそ泥さんに——」

「な、なんでも……厨房の下働きでもなんでも。器用な奴だから、なんでもできる。船客が戻ってくる季節になれば、舟だって操れるぜ」

「それは頼もしゅうございますね」

と艶然微笑んだお高の目が、なにもかもお見通しですよ、と言っているように思え

てならない。

両腋に、じっとりいやな汗が滲むような心地がする。

(怖い女だ)

(いくら見た目が綺麗でも、俺には到底、こういう女の相手は無理だなぁ。……もし本当に、自分の情婦にしてたんだとしたら、彦五郎兄は凄い)

重蔵は、無意識に小さく肩を竦《すく》めた。

「あら、いい面構えじゃありませんか。とてもとても、こそ泥には見えませんよ」

「いやいや、こう見えて、存外気の小さい奴なんだぜ」

重蔵が伴った男をひと目見るなり、態《わざ》とらしく目を見張るお高に、重蔵は懸命に言い募った。

「とにかく、宜しく頼む」

そして深々と頭を下げた。

「そんな、頭を上げてくださいな、旦那」

もとより、お高が慌ててそう言ってくれることを見越してのことである。

「さ、おめえも女将さんに、挨拶しな」

「へ、へい、どうぞよろしくお願いいたします」

と重蔵に倣って深々と頭を下げた「訳ありの男」が、《旋毛》の喜平次であることは言うまでもない。

（ったく、なんだっておいらがこんな真似しなきゃならねえんだよ）

心中の不満は押し隠しつつ、井戸端に腰を下ろした喜平次は、せっせと芋《いも》の皮を剝《む》いている。なんでも器用にこなせる質だが、包丁だけは別だ。これを自在に使えるようなら、今頃は立派な料理人になっていたことだろう。

（痛ッ）

不器用な包丁使いで屢々《しばしば》指を切り、血を滴《したた》らせる。

（だから、あれほどいやだって言ったのに……）

傷口から溢れる血を口で吸い取りつつ、喜平次は思わず泣きたくなる。

「暫《しばら》くの間、『ちどり』で働いてくれないか」

「え？　おいらが、ですか？」

重蔵から持ちかけられたとき、当然喜平次はいやな顔をした。

「おめえ、《花房》一味の仕事に加わったこともなけりゃ、お高と面識もねえんだろ？」

「ええ、まあ」

「だったら、問題ねえだろう？」

と決めつけられれば、

「ありません」

項垂れるしかないが、それで納得できるというものでもない。

「けど、船宿で働くなら、青次《せいじ》の野郎のほうがいいんじゃねえですか。俺のこの面《つら》じゃあ、殺しをやってねえ、ってのも信じちゃもらえませんよ」

「青次は本業が忙しくてな。あいつは腕がいいから、お店からの注文がひきも切らねえんだよ」

(また、あいつばっかり、依怙贔屓《えこひいき》かよ)

内心の不満を、喜平次は辛うじて呑み込んだ。

「で、お高姐御《あねご》の、なにを探ればいいんです？」

「なにもかも、だ」

「え？」

「情夫《おとこ》はいるのか、商売はうまくいってるのか、どんな客が出入りしてるのか。それに、火盗の人間が、どれくらい出入りしてるのか、も。……できるかぎり、詳しく探ってくれ」

「なんのために？」

「………」

間髪容《かんぱつい》れず問い返されると、重蔵はしばし困惑したようだった。少しく思案してから、

「あやしいからだよ」

かなり強引な結論を口にした。

「でも、姐御はいま、火盗の手先をしてるんでしょう？　そのまわりを変に嗅ぎまわったりして、大丈夫なんですか？」

「………」

問い詰められると、重蔵は更に困惑し、言葉を失う。

（まいったな）

そんな重蔵の顔を見て、喜平次も困惑した。矢部の悲報に接して以来、どこか投げやりで無気力でやる気のなかった重蔵が、理由はわからぬが、久々にやる気を見せているのだ。ここは黙って従うべきではないのか。

「わかりました」

仕方なく、喜平次は了承した。

「頼んだぞ」

「はい」

満面に喜色を浮かべて懇願してくる重蔵に向かって、もうそれ以上、否やを言えるわけがなかった。

仕方なく請け負ったものの、喜平次には甚だ面白くない。何が面白くないと言って、重蔵が一体なにを考えているのか、己の真意を明かしてくれないことが、なにより面白くないのだが。

「ちょっと、あんた——」

「へ？」

皺面《しわづら》の老婆に肩を叩かれて、喜平次は漸《ようや》く我に返った。

「およねさん？」

身を捻って仰ぎ見ると、

「女将さんがお呼びだよ」

「女将さんが？　おいらをかい？」

「ああ、早くお行きよ。女将さん、あれで案外気が短いからね」

老婆は言い、喜平次の手から、剝きかけの芋と包丁を奪う。

「え？」

「いいよ、いいよ、あたしがやっといてあげるよ」

下働きの老婆およねの仕事は専《もっぱ》ら奉公人のまかない作りだが、人手《ひとで》がないときは厨房の仕込みも手伝う。少なくとも、喜平次が来るまではそうだった。自分の仕事が奪われることを、老婆は恐れているのだろう。余剰人員を抱え込んだことで、小さな店の中にも多少の軋轢《あつれき》が生じはじめている。

案の定、

「お呼びですか」

と喜平次がすっ飛んで行くと、

「………」

お高からは怪訝な顔をされた。

しかしお高は、何故喜平次が唐突に自分の前に現れたのかを、察したのだろう。

「ああ、ちょうどよかったよ」

とってつけたような口調で言った。

「これからちょっと出かけるから、ついて来てくれるかい？」

「え、あ、はい——」

喜平次に否《い》やはない。

「ど、どちらへお出かけで?」

「来ればわかるよ」

喜平次の問いに、にべもなくお高は答える。ただ、出る際、両手に重い荷物を持たされたので、だいたいの行き先は想像できたが。

お高が喜平次を伴って行ったのは、月に一度のお得意先まわりだった。

常日頃贔屓にしてくれているお客の許《もと》へ、失礼にならぬ程度の土産《みやげ》を持って挨拶に行く。

商家なら、どこでも普通におこなっている習慣だが、喜平次は己をよく知っている。

(俺みてえなのを連れてってもいいのかよ?)

老婆心ながらも、本気で心配した。到底堅気とは思えぬ強面《こわもて》の喜平次を見れば、大抵の者は怯《おび》えて警戒する。

「ねえ、あんた——」

三歩先を歩いていたお高が不意に喜平次を振り向いたのは、持たされた荷物がすっかりなくなった帰路でのことだ。

「へえ？」

「喜平次って言ったね」

「へえ」

「戸部の旦那とは、どれくらいのつきあいになるんだい？」

「…………」

咄嗟に顔を伏せ、即答を避けたのは、相手の意図をはかりかねたためだ。ここで滅《めっ》多《た》なことを口走って、折角の重蔵のお膳立てを駄目にすることだけは避けねばならない。

「ふん、愛想がないねぇ」

「いえ、その……」

「旦那がなんでずっと独り身なのか、その理由は知らないのかい？」

「え？」

喜平次は虚を衝かれた顔でお高を見返した。

「結構いい男なのに、なんで女に縁がないんだい？　まさか女嫌いってわけじゃないんだろう？」

「さあ、おいらはなにも……」

返答に困った喜平次が、ついあらぬ方向へ視線を向けようとしたときだ。

「死ね、裏切り者ッ」

憎悪のこもった声音とともに刃が閃《ひらめ》き、天水桶《てんすいおけ》の陰から、不意に男が飛び出して来た。男は手にした短刀ごと、お高をめがけて突進してくる。

(あぶねえ!)

陽光を受けた白刃《はくじん》が鋭く閃き、喜平次は反射的に身を処した。

一歩先んじてお高の身を背に庇いつつ、男の足をすかさず蹴り上げる。と同時に短刀を握った男の手首を捕らえ、逆手《さかて》に摑みあげた。

「痛ッ」

「なにしやがんだ、この野郎ッ」

悔しげに舌打ちする男を、喜平次は叱責した。

「う、うるせぇ。離せッ」

だが男は怯《ひる》まず、喜平次に拘束されながらもなお、お高に向かって憎しみの視線を投げ続けた。

「てめえ、このアマッ、よくも、お頭《かしら》を裏切りやがったな」

鬢《びん》に白髪の混じる、五十がらみの痩せぎすの男だった。刃物など手にするよりは木戸番でもしているのが似合いそうな、極めて平凡な容姿の男である。

「おやおや、誰かと思えば、藤五郎一味の死に損ないかい？」

お高は臆せず、寧ろ挑発するように男を嘲《あざわら》った。

「ち、畜生ッ、よくも――」

「裏切り裏切りって、一体いつの話だよ。あたしは、十年より前のことは覚えてないんだよ」

「この、女狐《めぎつね》の腐れ売女《ばいた》ッ。お頭を裏切って、火盗の手先になりやがって……畜生ッ、呪《のろ》われろッ」

「うるせえよッ」

喜平次はたまらず男の耳許に怒鳴った。

男が、全身で抗《あらが》いつつ喚《わめ》き続けてくるのが鬱陶《うっとう》しく、喜平次は捕らえた右手を更に強く捻りあげた。「痛ッ」と悲鳴をあげた男の後頭部へ一撃、手刀をあびせる。

「うぐぅッ」

男は、ひと声呻《うめ》いて悶絶した。

「もういいよ。放しておやり」

男が静かになったのを見届けてから、お高は喜平次に向かって言った。

「え？」

「いいんだよ。どうせそいつは、一味の中でも、たいした働きもしてない雑魚《ざこ》だよ。捕まえても、手柄にはならないよ」

「でも、女将さんの命を狙ったんですぜ」

「そいつには、猫の子一匹殺せやしないよ。わかるだろう？」

「………」

喜平次は仕方なく、その男の体から手を放した。

「いままでにも、何度も命を狙われてるんですか？」

「仕方ないよ。一味がお縄になって、親分の一番身近にいた女が火盗の手先になってると知ったら、大概そいつが裏切って、一味を売ったと思うもんだろう」

「う、売ったんですか？」

「さあね」

だがお高は、それには答えず、何事もなかったかのように歩き出す。

「お、女将さん」

「そんなことより、お前――」

慌ててそのあとを追った喜平次に、お高が、背中から言った。

「人を殺したことがないってのは、どうやら本当らしいね」

「え？」

「人を殺し慣れた者は、刃物を手にすると、躊躇《ためら》いもなく、相手を刺せるもんさ。けど、お前はそうしなかった。刃物に慣れてないんだね」

「…………」

「ふふ……旦那は嘘をつかなかった。さすが、《仏》の重蔵だねぇ」

とお高は、半ば感心し、半ば呆れたような口調で言い、ほんの一瞬喜平次を顧みた。抜き身の切っ尖のような視線が、瞬間鋭く喜平次を貫く。

「お前、二つ名は？」

「《旋毛》の喜平次」

ほぼ反射的に喜平次は答えていた。

答えずにはいられないなにかが、そのときお高から発せられていたことは間違いない。

「《旋毛》？……聞かない名前だねぇ。足が速いのかい？」

「む、昔のことですから」

うわずった声音で喜平次は答え、首に下げた手拭いで、無意識に額を拭った。拭っても拭っても、冷や汗は尽きない。

第三章　闇の裁き

一

夜半。

梟《ふくろう》の低く鳴く声も既にやんでいた。家の中も外も、シンと静まり返っている。

湊屋伊兵衛《みなとやいへえ》は目を覚ました。女房のおしんの声を聞いた気がしたのだが、ふと見ると、隣に寝ているはずのおしんがいない。

(厠《かわや》へでも行ったかな？)

思いつつ、喉《のど》が渇いていることに気づき、水でも飲もうと床の上に半身を起こしたとき、不意に、四肢の自由を奪われた。

(うっ……)

なにが起こったのか、一瞬理解できない。

両腕の感覚が瞬時に失われたのは、強く後ろ手にまわされ、押さえつけられたからだ。何者かが、伊兵衛の体を拘束していた。

それが伊兵衛に理解できた次の瞬間、

「命が惜しければおとなしくしていろ。声を出したら、殺すぞ」

ゾッとするほどの低声《こごえ》で、耳許に囁かれる。声を出したくとも、口は塞《ふさ》がれている。

感触から察するに、とびきり強悍《きようかん》な男の手であろう。

「ぐぅ……」

男の手は大きく、鼻と口の両方が塞がれていた。そのため、伊兵衛は呻かずにはいられなかった。

「静かにしろ」

恫喝《どうかつ》の言葉とともに、伊兵衛の口から男の手がどけられた。その代わり、首筋に当てられた冷たいものの正体が刃であることは容易に察した。

(押し込み？)

伊兵衛は当然そう思った。

親のあとを継いで当主となってから早二十年近く。湊屋ほどの大店《おおだな》の身代《しんだい》ならば、狙われぬほうが寧《むし》ろ不自然である。

とうとう来たか、という絶望的な思いにとらわれたとき、

「湊屋伊兵衛」

伊兵衛をとらえた賊が、彼の名を呼んだ。底低い声音に厳《おごそ》かな口調は、恰《あたか》も地獄の裁定者のようである。

「我らは押し込みでも盗賊でもない」

(じゃあ、一体なんだっていうんだ?)

訝《いぶか》りながら、伊兵衛は懸命に目を凝《こ》らした。そろそろ闇に目が慣れはじめている。暗闇に蠢《うごめ》く人の気配を透かし見て、自分を取り巻く状況が、朧気《おぼろげ》ながらも理解できた。

室内には、伊兵衛の体を捕らえた男を含めて、少なくとも、もうあと二人ほどの人間がいた。確かに、押し込みにしてはちょっと少なすぎる人数だが、他の仲間は使用人たちの部屋をまわっているのかもしれない。

更に目を凝らすと、女房のおしんが、猿轡《さるぐつわ》を咬まされ、ぐるぐるに縛り上げられた状態で布団の上に転がされているのがうっすらと窺えた。ぐったりとして動かないところを見ると、既に息絶えているのか、それとも気を失っているだけか。

「貴様がおとなしくしていれば、女房に手出しはせぬ。罪があるのは、貴様だけだ」

（罪？）

伊兵衛は訝った。

伊兵衛を捕らえた男は、伊兵衛が、どうにか自分の置かれた状況を理解したと判断したのだろう。

「我らは、貴様に裁きを下す者だ」

（裁きだと？）

男の口から吐かれる言葉に、伊兵衛は更に疑念を強める。

「天保《てんぽう》十一年秋……つまり、一昨年の秋、うぬは出入りの手配師・孫六《まごろく》に命じて、本《ほん》所《じょ》深川加賀《かが》屋《や》跡に付け火をさせたな」

「め、滅相もないッ――」

言いかける口を強引に塞がれ、

「声を出すな、と言ったろう」

首筋に当てられた刃の切っ尖が、
ずぶッ、
と容赦なく皮膚を破る。

（ひぃッ――）

伊兵衛は声にならない悲鳴をあげた。自ら唇を嚙みしめて、懸命に声の漏れるのを堪《こら》えた。

「闕所《けっしょ》になった加賀屋は無人の廃屋であったが、そのため誰も気づく者がなく、忽ち家屋を全焼させ、その火は当然近隣の家を延焼させた。このときの火事のせいで表《おもて》店裏店《だなうらだな》あわせて、五十以上もの世帯の者が焼け出され、五十人以上の者が焼け死んだ。親を喪《うしな》い孤児になった子供も二十人を下らぬ。遺体すらみつからず、行方不明とされた者の数は見当もつかぬ。火事のあと、普請が急がれたために材木の値は急騰し、材木問屋である湊屋は多額の利益を上げた。あの折、実際に付け火の罪でお縄となったのは、孫六に因果を含められた無宿人の五助《ごすけ》という者だ。五助は、火盗改のきつい取り調べをうけても、恩義ある雇い主の名をとうとう吐かなかった。吐かぬまま、打ち首獄門に処せられた。悪党にしては、見上げた根性だ。だが、その後の調べで、五助に付け火を命じたのが孫六であり、孫六を動かしたのが貴様であると判明したのだ、伊兵衛」

「…………」

無感情に述べる男の底低い声音を聞くうち、伊兵衛の顔からも体からも、次第に血の気が失せてゆく。

「身に覚えがあるな？」

と厳しく問われ、伊兵衛は無言で首を振った。

無論、身に覚えはある。

その当時、折からの不景気で、湊屋の身代は傾きかけていた。だが、曾祖父《そうそふ》の代から続く老舗を、自分の代で終わらせることだけは、絶対にいやだった。

「大火事が起こって軒並み家が燃えれば、材木も売れるんだけどねぇ」

つきあいの長い手配師の孫六に、つい愚痴を漏らしてしまったのが、すべてのはじまりだ。

「なぁに、火事なんてもんは、簡単に起こせますぜ」

すると孫六は、事も無げに笑ってみせた。火事で家が焼け、新築の普請現場が増えれば、それだけ、大工《だいく》や鳶職《とびしょく》の者を手配する機会が増える。孫六にとっても、悪い話ではなかった。

「但し、少しばかり金がかかりますぜ」

「金？」

「火付けは死罪。それを承知でやらせるからには、それなりの報酬は用意しねえと

──」

「どれくらいだい？」

「まあ、一両も出せば、歓んで引き受ける命知らずはいくらでもいますぜ」

「それくらいなら……」

伊兵衛は軽い気持ちで金を出した。あとは孫六が話をつけてくれた。

「わ、悪いのは孫六です」

声を出すなと言われたことを忘れ、伊兵衛は必死で言い募った。

「裁きならば、孫六に……」

言いかけて、だが伊兵衛は漸《ようや》く気づいた。

手配師の孫六が急な病で死んだと聞かされたのは、つい数日前のことだった。伊兵衛とさほど年も変わらず、かねてより宿痾《しゅくあ》があったわけでもない男の突然の訃報《ふほう》を、奇異に感じていたところだ。

（ま…さか……）

「孫六には既に裁きを下した。あとは貴様だけだ」

「そ、そんな……」

震える伊兵衛の喉元が、氷のようにヒヤリ冷たい感触を伝える。

「…………」

伊兵衛は必死で首を振り続けた。首の付け根を深く刺された痛みで、いまにも気が遠くなりそうだ。

だが、とにかく否定しなければ、確実に殺されてしまう。その恐怖から、伊兵衛は全身で男の言葉を否定しようとした。

「ご、後生《ごしょう》でございます。ど、どうか、お助けを……」

そして堪えきれなくなると、声に出して懇願した。

「どうか、命ばかりは……お、お助けくださいい」

「往生際の悪い男だ。孫六のほうが、まだ潔《いさぎよ》かったぞ」

闇の声が、明らかな嘲笑を帯びる。

「畜生。さては孫六の野郎が、俺を売りやがったな、くそッ……」

三代続いた老舗の跡取りとは思えぬ品性の下劣さで伊兵衛は罵《ののし》り、だがその口を、途中で塞がれた。

「騒ぐなと言うのがわからぬのか」

「ぬぅ…ぐぐッ」

「湊屋伊兵衛、死罪」

お白州の場で裁可を下す奉行さながらの口調で、闇の中の男の声が言った。

言いざま男は、伊兵衛の背を乱暴に蹴りつけ、前のめりに倒れたところを、更に身動きできぬよう、強く床の上に押さえつけた。

「地獄へ行け。貴様が犯した罪を悔いながら」

絶望の悲鳴を上げようとする口は既に塞がれている。

（い、いやだ！　死にたくない！）

伊兵衛は懸命に、声にならない叫びをあげた。

抗おうとする四肢は、既に固く取り押さえられている。逃れようがないことはわかりきっているのに、なお伊兵衛は、願わずにはいられなかった。即ち、次の瞬間奇跡が起こってくれることを。そのとき、突然の火事で動顛し、逃げまどう人々が、おそらくその死の間際に思ったのと同じ気持ちで――。


重蔵が同心溜りの前を通りかかると、今朝から本所界隈を賑わせている「湊屋」伊兵衛の突然の死の話題でもちきりだった。

重蔵は足を止め、しばし彼らの話に聞き入った。

「近頃多くないか？」

「ああ、確かに」

「患《わずら》っていたわけでもないのに、突然だろう？」

「おかしくないか？」

「いや、病によっては、ろくに症状もなく、床に伏せることもなく、ある日突然、というのも珍しくはないらしいぞ」

「そうなのか？」

「恐ろしいのう」

「若い者たちはよいが……この歳になると、他人事《ひとごと》ではないぞ」

「湊屋は、まだ四十にもならぬそうではないか」

「年齢《とし》は関係ないということか」

「湊屋とは、この正月、我が家に年始参りに訪れた際、言葉を交わしたばかりです。まさか、このようなことになろうとは、人のさだめとは、まったくもって、わからぬものでございます」

座を締めくくるように凜《りん》とした口調で爽やかに言い放ったのは、まだ三十にもならぬ佐山大輔である。

「なるほど」

一同感心し、宿敵の岩村彦四郎のみ、火のような嫉妬の目で見つめている。

その様子を部屋の外から眺めた重蔵は、

「大輔」

ふと、佐山を呼んだ。

「はい？」

「ちょっと、来てくれねえか」

廊下から手招きすると、

「はい、ただいま」

佐山大輔は屈託のない顔で応じると、重蔵に呼ばれるまま部屋を出る。重蔵は目顔で佐山を誘い、与力詰所まで連れて行った。他の者たちに話を聞かれたくなかったのだ。

詰所に誰もいないのを確認してから中に入り、佐山を招き入れる。

「失礼いたします」

敷居の前で少し威儀を正してから部屋に入ると、佐山はさっさと重蔵の前に座る。

上役の部屋に呼ばれたというのに、少しも物怖《ものお》じしない。

（育ちのいい奴ってのは……これじゃあ彦四郎が妬むのも無理はねえなぁ）

重蔵は内心苦笑しつつ、

「お前、湊屋の主人とは親しかったのかい？」

世間話のようにゆるい口調で訊ねた。

「はい。湊屋の先代とうちの親父に、些かつきあいがありまして——」

「材木屋の旦那と百五十石の御家人につきあいがあるのかい？」

「はい。それがしがまだ幼き頃、当家では屋敷を新築いたしまして、その折、湊屋の先代には随分と世話になったようでございます」

「なるほど」

「亡くなった湊屋の主人も、その頃から、先代とともに、ちょくちょく当家に出入りしておりました」

「どんな男だい？」

「はあ？」

「亡くなった湊屋だよ」

「さあ、どうと言われましても……」

「いやな奴だったか？」

「まさか。商人でございますから、そりゃあ、愛想のよい男でございました」

「話は面白かったかい？」

「面白いかどうかは、それがしにはわかりかねます」

困惑しきって、佐山は応える。

上役に対しても物怖じしない男だが、思いがけない重蔵の問いには大いに戸惑っていた。

「正月にも、話したばっかりだって言ってたじゃねえか？」

「それは、話しましたが……挨拶をかわした程度で……」

「そのとき、なにか変わった様子はなかったのか？」

「いえ、特になにもなかったように思いますが」

「そうか」

しばし考え込んでから、

「それで、湊屋の通夜には行くのか？」

漸《ようや》く、一番に訊きたかったことを佐山に問うた。

「はい、そのつもりですが」

「今夜だな？」

「はい、そうです」

「俺も行っていいか？」

「え？」

佐山が驚いたのも無理はない。

日頃つきあいのない商家の通夜に、見ず知らずの武士が訪れるなどということは、先ずあり得ない。あり得ないがしかし、誰かのつきあいでついて行くというなら、それほど不自然ではないだろう。

病を患っていたわけでもない壮年の男の突然の死——。

その一事を以《もっ》て、重蔵は、湊屋の死に興味をもったのだ。

「駄目か？」

「いえ、駄目では……」

「じゃあ、いいな？」

「は、はい」

困惑しながらも、相手がどうにか納得するのを見はからって、

「奉行所を出るときは俺にも、ひと声かけてくれよ。いいな、大輔？」

半ば強引に、重蔵は命じた。

「あ、はい」

戸惑いながらも、佐山は素直に肯《うなず》いた。

「では、のちほど、お声をかけさせていただきます」

一旦肯いたあと、佐山は再び屈託のない笑顔を見せた。

わけがわからぬながらも、上役に言われたからには快く応じる。その笑顔に迷いはない。そんなところにも、育ちのよさが漂っていて厭味はなく、重蔵は、些か要領の悪い岩村彦四郎のことがまた少し、憐れに思えた。


お焼香をして、一旦通夜振る舞いの席に通されてから、重蔵は密かにその部屋を抜け出した。

再び、遺体が安置された部屋へ行く。

他の者がいる前で、まさか無遠慮に遺体を検《あらた》めるわけにはいかなかった。弔問客が途切れるのを見計らい、遺体に近づいた。先ず顔にかけた白布を、ついで布団を捲《めく》る。

（こいつは……）

死に顔は、ひと目見てそれとわかる苦悶の表情を浮かべていた。

湊屋伊兵衛は、まだ四十前だと聞いていたが、見ようによっては六十過ぎの老爺にも見える。

着物の前を寛《くつろ》げると、血は綺麗に拭きとられているものの、体のあちこちに、明らかに刃物によって為された傷がある。それも、古いものではなく、昨日今日できた新しい傷跡だ。中にはかなり深く傷つけられた箇所があり、それらの一つが致命傷であることは間違いなかった。

(間違いない。殺しだ)

確信しつつ、更に遺体を裏返してその背中も検分しようとしたとき、

「きゃッ」

背後で小さな女の悲鳴がした。

「な、なにをしておいでです」

振り向くと、伊兵衛の女房が、黄昏《たそがれ》に淡く染まる障子に凭《もた》れて震えている。

「なあ、女将、亭主はなんで死んだって言ってたっけなあ?」

「…………」

「どうして、嘘をつくんだ?」

「う、嘘なんて……」

「じゃあ、この傷は一体なんだ? 病で死んだようには見えねえぜ。どう見たって、こいつは刃物で殺された死体だ」

「違います！　伊兵衛は、急な病で……」

「なんで隠すんだ？　おめえが殺したのか？」

「ち、違いますッ！」

「違わねえ。伊兵衛は殺されたんだ」

重蔵は、本人も無意識のうちに怖い顔になってゆく。

「いいえ！　じ、自害したんですッ」

「なに？」

おしんの必死な叫びを、重蔵は聞き返した。

「自害です。……伊兵衛は、自分で自分を殺したんです」

「何故、自害した？」

「近頃、商売がうまくいってなくて……ずっと、思い悩んでいたんです。それで、自分で自分の喉を刺して死んだんです。……でも、そんな恥ずかしいこと、世間様に知られるわけにはいきません。ですから、病で死んだ、ということに……お、お願いです、このことはどうか、ご内密に……」

切れ切れの言葉で、それでも懸命に、おしんは言い募った。

(何故だ？)

重蔵は訝った。

おしんが嘘をついていることは明白だ。問題は、何故彼女が、そうまでして真実を隠そうとするのか、ということだ。

「おまえが殺したのか?」

という詰問は、もとより、彼女から真実を引き出すための呼び水だ。重蔵とて、おしんが亭主を殺したなどとは、僅かも思っていない。心の裡まですっかりお見通しとまでは言わないが、その者の目を見れば、隠し事をしているかどうか、人殺しをおこなった人間かどうかくらいは、わかる。

では、自分が殺したわけでもなく、何者かによって亭主が殺されたという事実を、何故隠そうとするのか。

(たとえば、女将の知人……間男《まおとこ》みてえな野郎が、女将と共謀の上で亭主を殺したのでもねえ。……だったら、なんでこんなに必死になって隠そうとするんだ?)

「なあ、おしん」

重蔵はふと口調を変えて、おしんに近づいた。

「湊屋は老舗だ。世間に知れたら体裁が悪いことも、いろいろあるんだろう。隠したい気持ちはわかる」

「…………」

「だがな、死んだ伊兵衛はどうなるんだ？」

「え？」

重蔵の口調に心を動かされたおしんは、戸惑いの表情を浮かべてゆく。

「おめえ、伊兵衛とは、何年連れ添ったんだ？」

「十七のとき嫁入りしたので……に、二十年になります」

「長年連れ添った亭主の死が、悲しくないわけはないな？」

「…………」

「もし、誰かに殺されたんだとしたら、下手人《げしゅにん》をつきとめて、罪を償わせてえとは思わねえのか？」

「つ、罪を……」

「ああ、そうだよ。おめえが嘘をつくってことは、下手人を庇《かば》ってるってことだ。二十年連れ添った亭主を殺した下手人を、このまま野放しにして、おめえ、それでいいのかい？」

「い、いいも悪いも……」

おしんは困惑しきって口ごもる。

「なんだ？」

「あ、あのひとは、自分で命を絶ったんですよ。……自害したんです。殺されたんじゃありません。本当です。自害なんです」

どこまでも言い募ると、遂には力なくその場に泣き崩れた。

「おい、おしん」

重蔵は懸命に呼びかけたが、一度泣き崩れた女は、容易には泣きやまない。

（まいったな）

重蔵が途方に暮れていると、

「一体どうなさったのです、戸部様？」

通夜振る舞いの酒のせいか、やや赤みのさす顔を、佐山が隣室から覗かせる。

「いや、なんでもねえよ。死んだ旦那の話を聞いてやってたら、いろいろ思い出しちまったんだろうよ。……きっと、いい旦那だったんだろうな」

湊屋の死の真相を曝きたいのはやまやまだが、ここで騒ぎをおこせば、おしんに疑いの目が向けられることになる。下手人ではないが、おそらく、下手人を知っているであろうおしんを番屋へしょっ引いて取り調べるという手もあるが、この様子では、話を聞き出すのは難しい。だが、一度番屋へしょっ引かれれば、おしんは周囲から疑いの目で見られ、あらぬ噂をたてられることになる。それはあまりに憐れである。

「泣かせといてやろうぜ、旦那の思い出にひたりながら、な」

言いつつ重蔵は、振る舞いの部屋へと身を移した。

「折角の振る舞い酒、もう少しいただいて帰ろうぜ」

戸惑う佐山の体を押し返して席に戻し、自らも盃をとった。

（火盗は……いや、お高の奴は、一体どこまで調べてるんだ？）

佐山が注いでくれる酒を嘗めるように味わって飲み干しながら、重蔵は考えた。

酒は、相当高級な上酒であった。口あたりがよく、油断すればついつい過ごしてしまう。

通夜の弔問客に、これほどの上酒を振る舞えるのだ。商売が、左前であるわけがなかった。

二

翌日、出仕するなり、重蔵は奉行に呼ばれた。

渡り廊下を歩いて、役宅の、鳥居の居室まで向かう際、当然岸谷と顔を合わせた。

「やあ、戸部殿」

「おはようございます」

重蔵は恭《うやうや》しく頭を下げた。

「先日の約束、よもやお忘れではあるまいな？」

と満面の笑顔で問われ、内心ゾッとしたが、

「忘れるわけがござらぬ」

重蔵は辛うじて笑顔で答えた。

「そうじゃ。よろしければ、道場のほうで、是非一手ご教授願えまいか？」

「え？　い、いまからでござるか？」

唐突な岸谷の申し出に、重蔵は戸惑う。

「はは…まさか。お奉行にお話があるのでござろう。早く行かれよ」

「…………」

からかわれたとわかり、重蔵は内心ムッとした。気安い口をきかれるほど、この男に心を許したつもりはない。

「失礼いたす」

一礼して、重蔵は岸谷の前を足早に通り過ぎた。

（馴れ馴れしい奴め――）

一方、不機嫌に立ち去る重蔵の背を見送りながら、岸谷は岸谷で、

（こちらとて、好きこのんで貴様などと親しくなろうとしているわけではないわ、勘違いするな）

その心中、激しく重蔵を罵《ののし》っている。

鳥居の居室の前まで来ると、重蔵は腰を落とし、しばしその場で呼吸を整えた。

「戸部か？　入れ」

障子の桟《さん》に手を掛ける前に――いや、部屋の外から名乗る以前に中から声をかけられ、重蔵は緊張した。

「戸部です。失礼いたします」

障子を開け、敷居の外で一礼してから、重蔵は敷居を跨ぐ。

「お呼びでございますか」

書見台に向かって座す鳥居の前に、深々と平伏した。

「そう畏《かしこ》まるな」

亀の子のように縮こまった重蔵を見て、鳥居は少しく苦笑する。

「話というのはほかでもない。湊屋のことだ」

「はい？」

　重蔵は思わず顔をあげた。

　何故鳥居の口から、湊屋の名が飛び出すのだろう。

「湊屋の主人・伊兵衛が、何者かによって殺されたというのは本当なのか？」

「はい。遺体を検分いたしました限り、到底病死とは思われませぬ」

　少し考えてから、重蔵は正直に述べた。鳥居のような男に対して、嘘をつくのは得策ではない。すぐにばれるし、ばれたあと、巧く言い逃れるのは至難の業だ。だから重蔵は、己の知る限り、ありのままの事実を口にした。

「しかし、女房のおしんは、頑としてそれを認めませぬ。主人は自害したのだ、と言い張りまして……」

「湊屋に自害する理由があるのか？」

「おしんが申しますには、商売がうまくいっていなかったので、それを気に病んでのこととか――」

「そうなのか？」

「え？」

「湊屋の商売は、本当にうまくいっていないのか？　聞くところによると、湊屋の商売が思わしくなかったのは、一昨年の秋、飢饉《ききん》の折の救い小屋設置のため、無償で材木を提供したあとのことだ。ところが、その後深川の大火事があり、大がかりな普請がおこなわれたために材木の値は上がり、湊屋は持ち直した。いや、それどころか、大いに利益を上げ、いまにいたっておる筈だ」

「…………」

「どうした？」

驚きの表情で鳥居を見返す重蔵に、だが鳥居は不審の目を向ける。

「い、いいえ、お奉行様は何故斯様《なにゆえかよう》に、湊屋の内情にお詳しいのかと思いまして――」

「なんだ。そちは佐山から聞いておらぬのか？」

「大輔から？」

「佐山の家は、祖父の代から湊屋と懇意にしているそうではないか。佐山は、湊屋の内情をよく知っておったぞ」

「はい、それでしたら、それがしも聞き及んでおります」

重蔵は慌てて言葉を継いだ。

勿論、重蔵も、佐山大輔から、概《おおむ》ね湊屋の事情は聞いている。

だが、まさか鳥居も聞いているとは思わなかった。重蔵の驚きは、鳥居が、一介の同心からも直接話を聞いている、ということにある。同心の佐山が、与力の自分を飛び越して直接奉行と話をしたことは、まあ、いい。重蔵はそういうことを気にする質《たち》ではない。驚くべきは、必要とあれば若輩の平同心からも話を聞き、その情報を、己の中できちんと処理している鳥居耀蔵という人の怜悧《れいり》さである。

「では、そちはどう思う？」

底の底まで見透かされそうな目で見据えられて、重蔵は焦った。

（このお方は、一体どこまでわかっておいでなのだろう）

正直怖かった。

「湊屋に自害する理由などない。そちの申すとおり、殺されたのだとすれば、女房が何故そのことを隠そうとする？」

「それは……」

「考えられることは唯一つ、湊屋に、痛いところがあるからだ」

鳥居は言い切り、重蔵を更に驚かせる。

「い、痛いところとは？」

「伊兵衛のほうに非があったということだ」

「伊兵衛に非が？」

「たとえばじゃ。伊兵衛がかつて、人を殺《あや》めるなり、金品を奪うなり、なにがしかの悪事を働き、それ故に命を狙われたとしたら、どうじゃ。長年連れ添った妻は、亭主の悪名が天下に轟《とどろ》くことを恐れ、それを隠そうとするのではないか？」

「…………」

「他に、女房が亭主の死を必死で偽ろうとする理由があるか？　思いつくなら、申してみよ」

と問い詰められて、重蔵には答えられなかった。

（確かに……）

言われてみればそのとおりで、返す言葉は一言もない。

「畏《おそ》れ入りましてございまする」

重蔵は手もなく降参した。

「お奉行の御炯眼《ごけいがん》、感服いたすばかりでございます」

「本当にそう思うか？」

「はい」

「ならば、それを調べよ」

「はい？」

「湊屋伊兵衛が、殺されるに値する悪事を働いていたのが事実であれば、湊屋は闕所《けっしょ》、家財はすべて没収だ」

「え？」

「当然であろう」

鳥居は、常に唇辺《くちべ》を弛め、その笑みを絶やさずに言う。

「当人は既に死んでいるから、死罪にはならぬ。だからといって、犯した罪がすべて消えると思うか？」

「………」

重蔵には答えられなかった。

「下手人が死んだからといって、その者の犯した罪は消えぬ。もし、その者が殺しの罪を犯していたとすれば、どうじゃ？　その者が死罪になったからといって、殺された者が浮かばれると思うか？」

「………」

「湊屋が罪を犯していたのであれば、湊屋の家族も相応の報いを受けねばならぬ。それが道理というものだ」

厳《おごそ》かな口調で言い切る鳥居の面上からは、いつしか笑いが消えていた。いや、唇辺には笑みを滲ませていながら、書見台から顔をあげて重蔵を見据えた目は僅かも笑っていない。

（蝮……）

恐ろしさのあまり、重蔵は目を伏せその場に凍りついた。まさしく。蛇《へび》に睨まれた蛙《かえる》の気分だった。

「なにをしている？」

笑わぬ蛇が重蔵に問う。

「はい？」

「話はすんだ。下がらぬか」

「は、はいッ」

重蔵は慌てて平伏し、飛び出すようにして部屋を辞去した。

大慌てで渡り廊下を戻りながら、矢張り、あの男は苦手だ、と思った。

三

「もうそろそろ、勘弁してもらえませんかね、旦那」

疲れきった顔の喜平次から懇願されて、正直重蔵は戸惑った。

好物の筈のねぎま鍋にも手をつけず、先刻から、酒ばかりをあおっている。

「食えよ。空酒《からざけ》は悪酔いする。それに、折角のねぎまが煮詰まっちまうぜ」

重蔵は見かねて、自ら小鉢に鍋の具を取り分け、喜平次に差し出す。それを受け取り、喜平次は無意識に箸をつけた。口に含んだ瞬間、熱さで思わず顔を顰《しか》める。

「熱ッ」

「おい、気をつけろ」

自らも、湯気のたちのぼる鍋から、煮えた鮪《まぐろ》と葱《ねぎ》とを掬《すく》い上げつつ、重蔵は喜平次の次の言葉を待った。

「お高の姐御《あねご》は、なにもかも承知の上でおいらを『ちどり』で働かせてくれてるんですよ。人手は充分足りてるってのに。……これで給金まで貰うのは、あんまり申しわけないでしょう」

「だが、まだなに一つ調べはついちゃいねえだろう」

「だから、一体なにを調べるっていうんですよッ」

堪えきれずに、喜平次は少しく声を荒げた。

いま彼らがいる店は、いつもの「ひさご」ではなく老舗の人気店故、広い店内はほぼ満席で、しかもどの席からも、湯気と、夥《おびただ》しい話し声があがっている。

どの客も、自分の肴を食し、鍋をつつき、連れと話をするのに忙しい。人の話を盗み聞く者など、誰もいない。

「だから、それは――」

「お高姐さんは、別になんにも隠しちゃいませんよ」

重蔵が重い口を開きかけると、忽ち喜平次に遮られる。

「知りてえことがあるなら、旦那が直接訊けばいいじゃないですか」

「訊けるわけがねえだろ」

とは言わず、重蔵は苦い顔をして押し黙った。

無言で葱と鮪を食し、酒を呑む。

押し黙った重蔵を持て余したのか、喜平次もしばしそれに倣った。無言で葱と鮪を食べた。

「なあ、喜平次、『ちどり』で働くことの、なにがそんなにいやなんだ？」

しばらくして再び口を開いたとき、重蔵の言葉つきは、すっかり相手のご機嫌を伺う口調に変わっている。

「なにもかもですよ！」

喜平次は即答した。

「こっちの正体知られた上で、お情けでおいてもらってるなんて、そんなの、間者《かんじゃ》でもなんでもねえし。それに第一、俺の居場所なんてどこにもねえし――」

「そんなに居心地が悪いのか？」

喜平次の剣幕に閉口しながら、遠慮がちに重蔵は問うた。

「当たり前でしょう」

「………」

確かに、喜平次の話を聞く限り、お高に隠し事はなさそうだった。

火盗改の同心や他の密偵らしき者たちも定期的に出入りしていて、案の定『ちどり』は彼らの溜まり場のようになっているらしい。

「で、お高はいま、なにを調べてるんだ？」

「いろいろですよ」

「いろいろとは？」

「ですから、火付けとか押し込みとか、火盗に仰せつかったこと、すべてですよ」

「河内屋の旦那の件は？」

「ああ、あれはもう、無理でしょう」

「無理だと？　無理とはどういうことだ？」

「旦那の遺体はとっくに埋葬されちまってるし、その朝、旦那を起こしに行った女中は暇を出されて実家に戻ったそうですからね」

「なに？　女中が暇を出されたのか？」

「ええ」

「俺は聞いていないぞ」

「河内屋は近々店をたたむつもりらしい、ってお高姐さんは言ってたんでしょう。店をたたむつもりなら、奉公人に暇を出すのは当たり前じゃねえですか」

「だが、店をたたむのはまだ先のことだろう。喪が明けた途端、女中に暇を出すなんざ、思い切りあやしいじゃねえか」

「そうかもしれませんが、たとえ捜し出して会いに行っても、女中はなにも喋っちゃくれませんよ。河内屋の女将が、過分な餞別《せんべつ》を与えた上に、条件のいいお店を紹介してやったそうですから。しばらく実家でのんびりして、切りのいい来月の頭から、新しいお店《たな》勤めですよ」

「ほら、みろ。疚《やま》しいところがなにもなければ、女将がそこまでするか。なにかあるに決まってる。やっぱり旦那は普通の死に方じゃねえんだな」

「そうですよ。普通の死に方じゃないですよ。はじめからそう言ってるじゃないですか」

　さすがに喜平次は呆れ顔をする。

「だったら――」

「だからぁ、死んだ河内屋の旦那は、昔盗っ人だったって、お高姐さんが言ってたでしょう」

「だから？」

「だから、それを知ってる誰か――盗っ人の頃の河内屋に酷《ひど》い目にあわされた奴が、恨みを晴らしたんですよ。それで、殺されたんですよ。女将は、亭主の昔を知ってたのかどうかわかりませんが、殺された理由はわかってたんでしょうよ。殺された、と訴え出て、よしんば下手人がお縄になったとしても、旦那が昔盗っ人だったことも知れちまうんですよ。そんな体裁の悪いこと、隠したいでしょう、普通」

「だから、訴え出ねえのか」

「そうですよ。悪党が、昔の悪事の報いで裁きを受けたってだけのことですよ」

「裁きを受けた？」

「だって、そうでしょう。親兄弟を殺されれば、侍なら、仇討ちするでしょう。けど、そんなの不公平だ。百姓町人だって、仇討ちしたいんですよ」

「…………」

重蔵はしばし口を噤《つぐ》んだ。

この手の話になると、喜平次はいつもむきになる。武士にだけ仇討ちが許され、百姓町人は、大切な家族を殺されても泣き寝入りしなきゃならないのは不公平だというのが彼の主張で、もっともだとは思うものの、立場上、重蔵はそれに同意するわけにはいかない。

しばらく考え込む様子を見せながら、喜平次の興奮がおさまるのを待つ。

「じゃあ、お高の調べがどれくらい進んでるか、おめえ訊いてきてくれねえか？」

「え？」

喜平次はさすがに啞然とした。

「それこそ、自分で訊けばいいじゃねえですか」

「いや、それはまずいだろう」

「どうしてです？」

「お高は火盗の密偵だ。南町の俺が、気安く訊きに行けるわけがねえだろう」

「…………」

喜平次は、あきれて二の句が継げなかった。最前から、重蔵の言うことは、支離滅裂《しりめつれつ》である。火盗の密偵に南町の与力が近づくのは差し障りがあるというなら、何故彼は、喜平次を「ちどり」で働かせているのだ。勿論、「ちどり」に出入りする火盗改の同心や他の密偵たちは喜平次の正体を知らないが、お高はなにもかも承知の上で喜平次が「ちどり」にいることを許している。

今更、火盗とか南町とか、変な縄張り意識めいたことを口にすること自体がおかしい。

(一体どうしちまったんだ、旦那は？)

喜平次には、重蔵がどうかしているとしか思えない。

一方重蔵は重蔵で、お高の顔を、あまり見たくない、という事情があった。

直接お高に会えば、どうしても、矢部とお高の関係をあれこれ邪推してしまうし、だからといって、面《めん》と向かって、

「矢部様とは、如何なる関係だったのだ？」

と問う度胸もない。

ただ、あれこれ勘繰《かんぐ》ってはぐずぐずと思い悩むだけのことだ。

(彦五郎兄は、もういないんだ。それに、もし俺の想像どおりだったとしても、昔の

ことじゃないか）

とは思う。

（彦五郎兄も、男なんだ）

と、思い込もうともする。

しかし、いざお高の顔を間近で見てしまっては、平静でいられる自信がなかった。

（だから、こうして頼んでるんじゃねえか）

口には出さずに心の中で、重蔵は懸命に喜平次に懇願していた。

もとより、如何に喜平次とて、無言の懇願を感じとれるまでの能力はない。ただ呆れ顔をして、つくづくと重蔵の顔を見返すだけだった。

死んだ河内屋の旦那が盗っ人で、過去に犯した悪行の報い故に殺された、というお高の説は、おそらく当たってるのだろう。

それですべての辻褄《つじつま》が合う。

重蔵の気持ちを重くしているは、鳥居の言葉だ。

「もし仮に、亭主が過去に罪を犯した極悪人であったなら、長年連れ添った妻は、亭主の悪名が天下に轟くことを恐れ、それを隠そうとするのではないか？」

言われてみれば、もっともだ。だが。

〈殺された者の旧悪を曝いて、遺された家族から、家も財産も取り上げるというのは、あんまりではないか）

と思ってしまう。

仮に罪人が死んでも、その罪は消えぬ、という鳥居の考え方は、正しい。人を殺した罪は、己の命でも到底贖《あがな》うことはできない。だからといって、残された者たちにまで、その責を負わせるべきなのだろうか。

「ところで、旦那」

ひとしきり鍋をつついたあとで、喜平次がふと口を開いた。

「《花房》の藤五郎親分がお縄になったときのこと、旦那は覚えてますか？」

「いや、あれは、俺が火盗に配属される少し前のことだった。詳しくは知らぬ」

「そうですか」

それ以上、喜平次は問い返さなかった。

これ以上問答しても、なにも得られるものはない、と判断してのことだった。

四

死体の凄まじさは、筆舌に尽くしがたかった。

おそらく、想像を絶する拷問を受けてから、命を奪われたのだろう。大きく見開かれた両目は恐怖を訴え、開かれたままの口腔は、いまなお悶絶の叫びを漏らし続けている。

床の間に飾られた山水の掛け軸には、当然夥《おびただ》しい血が跳ねていた。

顔にも体にも、無数の刀痕が見られる。致命傷は、どれと特定できないほどに多くの刺し傷が全身に散らばり、その都度苦痛の悲鳴をあげていたとしたら、とっくに声は嗄《か》れ果てていたかもしれない。

無数の刺し傷の中でも、とりわけ鮮やかに遺体を彩っていたのは、喉元から臍《へそ》の下まで真一文字に切り下げられた創《きず》だった。

「ひでえな」

重蔵は思わず口走った。

思わず口走ってから、だが、吉村より先にその言葉を口にしたことを少しく悔いた。

「まったくですよ」

もっとも、当の吉村は、十八番《おはこ》を奪われたことなど意にも介さず、じっと死体の検分をおこなっている。

「これだけやられりゃあ、相当苦しんだ筈だ。明け方、厠《かわや》にたつまで、まったく気がつかなかったのかい？」

と吉村に問われると、

「はい……気がつきませんでした」

消え入るような声音で、近江屋《おうみや》の妾《めかけ》は答えた。

妾宅《しょうたく》とはいえ、百石取りの御家人の屋敷を買い取ったもので、二百坪ほどの敷地には五部屋からなる母屋と一応数寄屋造りの小さな離れがある。主人が死んでいたのは、その離れの中だった。

妾のお染《そめ》は、重蔵たちが来てからも、ろくに顔をあげず、部屋の片隅で泣き崩れている。齢はまだ若く、二十歳をいくつか過ぎたくらいだろう。

両手で顔を覆っているが、衣紋《えもん》から覗く項《うなじ》は雪のように白く、匂い立つような色香が漂っている。細く長くひく泣き声にもなにやら芝居がかった色気があり、舞台の一場を見ているようだった。

「で、お前さんが見つけたときには、既《すで》に息はしてなかったんだな？」

「はい」

「体も冷たくなってたんだな？」

「はい」

と、もう一度肯いてから、お染は漸《ようや》く顔をあげ、

「昨夜は、お客さんがいらっしゃるので、先にやすんでいるようにと旦那さまに言われ、その言いつけどおりにいたしました」

か細い声音で言った。

細い項に相応《ふさわ》しく、風にもたえぬ、といった風情の美女である。

「客が？　本宅ではなく、ここへ客を呼ぶのか？」

と、それまで黙っていた重蔵が、さも意外そうに問い返した。

「はい、本宅には呼びたくないようなお客さんは、いつもここへ呼んでいました」

「本宅へ呼びたくない客というのは、どういう客だ？」

「さあ……私は、よく存じません。そういうときは、大抵話が長引いてお帰りが遅くなるため、先にやすむように言われておりましたので」

「昨夜、客は何刻頃訪れた？」

「亥《い》の刻過ぎだったと思います。私は床に入って、まもなく寝入ってしまいました」

「近江屋は、客を離れに通して、そこでずっと話をしていたのかい？」

「はい。……明け方目が覚めたときには既に話し声はしておらず、旦那さまも床に入った様子がなかったので、お客様とともにお酒でも召しあがり、そのまま離れで寝てしまったのかと思い、見に行きました」

「するとそこに、客の姿はなく、近江屋が死んでたってわけか？」

「は…はい」

重蔵を見返していたお染の濡れた瞳が、大きく戦慄《わなな》く。

「その客が、何処の誰だか、お前さんは本当に、なんにも聞いてねえのか？」

「はい、なにも……私は、ただ旦那様の身のまわりのお世話をするだけで…商売の話は、な、なにも聞かされてはおりませんでした」

切れ切れに答えると、再びその場に身を伏して、お染はか細い啜り泣きを漏らしはじめた。

（まいったな）

泣かせてしまった罪悪感に重蔵が困惑していると、そこへ折良く、

「旦那」

目明かしの権八が近寄ってきて、

「近江屋の本妻が、亭主の遺体を引き取りにきました」

小声で重蔵に耳打ちした。

嘆き悲しむお染にこれ以上刺激を与えぬよう配慮したのだろうが、残念ながら、無用の配慮というものだった。権八が耳打ちに来たときには既に、廊下を軋ませる足音が聞こえはじめていたし、重蔵がなにか答えるより先に、

「お染さん、これは一体どういうことなんです？」

癇《かん》立った女の声が、お染の泣き声を怨ちかき消していた。

（修羅場――）

重蔵の脳裡を、咄嗟にそんな言葉が過《よ》ぎり、

「ああ、遺体はこっちで運んでやるから、店の使用人たちの手を煩《わずら》わせることはねえぜ」

思わず口走っていた。

口走りつつ振り向いた先に、文字どおり、鬼の形相をした中年女が立っている。

「近江屋の女房か？」

「はい。ひさと申します」

濃紺《のうこん》の縞縮緬《しまちりめん》を着た女が、険しい表情のまま頭を下げた。

粗末な縞縮緬に黒繻子《くろじゅす》の帯など、本来大店《おおだな》の女房が纏《まと》うべき服装ではないが、そこは近年の小うるさい奢侈《しゃし》禁止令に、律儀に従っているのだろう。年の頃は、四十がらみ。殺された近江屋の主人は既に五十を過ぎていたそうだから、それでも亭主よりは十も年若い。娶《めと》った当時は、女房のおひさも充分、若い女好きの近江屋の欲望を満たしていたのかもしれない。

「此度《こたび》は大変なことであったな」

「あの――」

「必ずや下手人をあげ、ホトケが浮かばれるように相務める故、安心せい」

なにか言いかけるおひさに向かって、強くかぶせるように重蔵は言った。まるで気持ちのこもらぬ空言《そらごと》であったが、とにかく一刻も早くこの場を逃れたかった。

「よろしくお願いいたします」

おひさはそう応えて、恭しく頭を下げるしかない。その隙に、重蔵は彼女の横を素早くすり抜けた。長く対していると、その悪感情が伝染しそうに思え、そそくさと立ち去る。

亭主が、殺された。それも、亭主の愛情を独占していた若く美しい妾の家で。

女房の心中は如何ばかりであろう。

そして、彼女の憎悪の対象である若い妾が、この先本妻からどんな仕打ちを受けることになるのか。

重蔵には、想像するだに恐ろしかった。

女同士の修羅場が怖くて逃げ出したものの、あとのことが気がかりでないと言えば嘘になる。

それ故重蔵は、立ち去り際、生け垣の外から、懸命に中の様子を窺っていた。

「…………」

もとより、外まで漏れ聞こえる音声は頼りない。

更に注意深く耳を欹《そばだ》てようとしたとき、

「ふふ……」

女の低く含み笑う声音がすぐそばから聞こえて、重蔵はギョッとした。無論声には聞き覚えがある。このところ、気になってやまない、あの女の声だ。しっとりとして、吐息のようにそっと耳朶《じだ》に忍び入るような、ひそやかな声音……。

「そんなにお気になさるなら、いっそ、取り持ってさしあげたらいかがです？」

「お高」

「可愛いお妾さんが、意地の悪い本妻に苛《いじ》められやしないか、気になるのでしょう？」

揶揄《やゆ》するお高の、甘く麝香《じゃこう》の漂う牝鹿《めすじか》のような体が、その息遣いさえ感じられるほど、重蔵のすぐ傍にいた。

「……………」

重蔵は絶句し、反射的に後退《あとじさ》る。

「お、おめえ、どうして、ここに？」

お高はその愚問には応えず、

「近江屋さんは、かなり強引なやり方でお金を儲けて、商売をひろげたお人ですからね。そりゃ、評判はよくありません」

まるで独り言のように空を仰ぎながら言う。

「つまり、人の恨みは無数に買ってるわけだな？」

彼女が足を向けるほうへ、釣り込まれるようにして進み寄りながら、重蔵は問うた。

「ええ、無数に」

短く応えて、声をたてずにお高は笑った。しっとりと露を含んだ大輪の牡丹《ぼたん》を思わせる笑顔に、重蔵はぼんやり見とれてしまう。

「お前はどう思う?」

見とれつつも、

「河内屋や湊屋と同じように、近江屋も、過去に犯した己の罪がもとで殺されたと思うか?」

重蔵はお高に問うた。

肩を並べて堀端の柳の下を歩く。未だところどころに霜柱の残る土をサクサクと踏みしめながら進むのが、思いの外《ほか》心地よい。

「近江屋さんは、違いますよ」

「え?」

「近江屋の旦那を殺したのは、お染さんですよ」

事も無げにお高は言い、重蔵は驚愕する。

「なんだと?」

「お染さんは元々、近江屋の旦那が阿漕《あこぎ》なやり方で金を取り立てて、結局死なせちまったお武家様の忘れ形見なんですよ。それを知らずに、近江屋の妾にされちまったんです」

「…………」

「でも、もしそのことを知ったら……」

「知ったのか？」

「ええ」

「どうして？」

「知りませんよ。わざわざ教えるお節介な奴は、何処にでもいるでしょう」

「おめえか、お高？」

「え？」

「おめえが、お染に教えたんじゃねえのか？」

と問い詰められて、さすがにお高は言葉を失う。

重蔵の目が、鋭くお高に突き刺さっていた。

「あ、あたしが、なんのためにそんなことすると思うんです？」

「なんのためかは知らねえが、お前なら、それができるんじゃねえかと思ってな。火盗の密偵をしているおめえにならーー」

「本気で言ってるんですか？」

「冗談だよ」

重蔵はふと表情を弛め、笑顔を見せた。

「悪い冗談ですよ」

だがお高は笑わなかった。

「あたしは、御用のためにやってるんです。一人一人の恨みのためじゃありませんよ」

「わかってるよ。気を悪くしたなら、勘弁してくんな」

「いいえ」

重蔵の困惑した顔を見て、お高ははじめて唇辺を弛めた。笑うと更に妖艶さがまして、ますます得体の知れない女に見える。

（この女が――）

本当に矢部の女だったのか。

油断するとつい、考えずにはいられない。

（考えるな、そんなこと）

己に言い聞かせれば聞かせるほど、考えてしまう。

「そうそう、大した盗っ人じゃないですか、《旋毛《つむじ》》の喜平次。こそ泥だなんて、とんでもない」

重蔵の心中を他所《よそ》に、お高はふと話題を変えた。

「調べたのか？」

「ええ、あたしは火盗の密偵ですからね」

隠せるわけがないじゃないですか、と言わんばかりの口ぶりに、重蔵はいよいよ困惑する。

(なるほど、喜平次が勘弁してくれ、と泣きついてくるわけだ)

このぶんでは、何時何処へ盗みに入り、何を盗んだかまで、すっかり知られていることだろう。いや、火盗改の密偵であるというだけでなく、長年悪の世界に身を置いていたお高のことだ。或いは、重蔵も知らないような喜平次の秘密すら握っているかもしれず、そんな女の近くにいるのは、確かに苦痛だろうと、重蔵が密かに納得したとき、

「ところで旦那、湊屋さんのご遺体をお検めになったそうですね」

お高が再び話題を変えて、重蔵の意識を強引に引き戻した。

(さては喜平次の野郎が、喋りやがったな)

咄嗟に思い、

(ったく、誰の密偵なんだよ)

重蔵は、内心激しく舌打ちする。

「やっぱり、殺しでしたか？」

だがお高は、重蔵の心中などお構いなしに、ずけずけと問うてきた。

「ああ。女房は、自害だと言い張ってたが、あんな傷は、てめえでつけられるもんじゃねえからな」

「そこまでおわかりでしたら、どうして女将さんをしょっ引かないんです？」

「湊屋殺しは、女房の仕業だと言うのか？」

「いいえ」

「だったら、どうして……」

「主人が殺されたのに、その届けも出さずに病死だの自害だの言い張ってるんだから、言い張ってる女房を疑うのは、当たり前じゃありませんか」

「それはそうだが」

「しょっ引いて、少し痛めつけたら、拷問が怖くて、白状したかもしれませんよ。下手人てのは、そうやってあげてくもんでしょう」

「俺は、そういうことはしたくねえんだよ」

「やっぱりお優しいんですね、《仏》の重蔵旦那は」

「そうじゃねえよ」

皮肉ともとれるお高の言葉に、淡々とした口調で重蔵は応じる。

「確かに、火盗が相手にするような凶悪な連中なら、半殺しにしてでも、吐かせなきゃならねえ。だから、火盗の頃は、俺もそうやって、容赦なく下手人をあげてきた。《仏》なんてあだ名をもらっちゃいたが、本当はそれほどお人好しでもなかったんだぜ」

「ええ、矢部さまから、伺っております」

「それに比べて、町奉行所の勤めはぬるい。奉行所の与力になった当初は、そう思ってたよ」

「…………」

「火盗と奉行所のお役目が決定的に違うってことがわかるまではな」

「お役目が？」

「火盗のお役目は悪党を根絶やしにすることだが、奉行所の同心や与力のお役目は、悪党以外の、ごく普通の連中が、悪党の毒牙にかからねえように、見張っててやることだ。それには、下手人をあげさえすればいいってもんじゃねえと、俺は思うんだ」

言い切る重蔵の横顔を、思いがけず熱い視線で、お高は見つめる。

　彼の口から発せられる言葉の数々が、まるで生まれてはじめて耳にする言語のように耳をすり抜け——だが、すぐに反芻されて脳裡にとどまる。これまで経験したことのない不思議な感覚に、お高は少しく戸惑っていた。

「だから俺は、無理矢理下手人をあげる——いや、作り出すような真似はしたくねえんだよ。罪もねえ人間を下手人に仕立てあげて罪におとすような真似は、な」

「…………」

　しばし毒気を抜かれた顔で、お高は重蔵を見つめていた。その視線の強さに堪えかね、重蔵は自ら視線を逸らしたが、

「それはそうと、下手人かどうかは別として、お染さんから、目を離さないほうがいいと思いますよ」

　重蔵のその一瞬の気後《きおく》れを見透かしたかのように、お高が言った。

「お染から？」

「河内屋さんと湊屋さんは、昔、自分が犯した罪の報いで、闇の裁きをうけたんです。でも、近江屋さんは違います。近江屋殺しの下手人は、たぶんすぐ近くにいますよ」

　重蔵の答えを待たずに、お高はやおら歩を進めだした。一度《ひとたび》歩き出すとお高の足は速い。

「おい、待ってくれ。どういうことだ?」

慌ててそのあとを追おうとしたときには、だがお高の背は、半町も先へと去っている。鰹縞の背に強い逆光がさして目が眩んだあとに、重蔵はその背を見失った。

(まるで、《旋風》じゃねえか)

重蔵は舌を巻き、

(闇の裁き、って一体なんなんだ?)

次いで、当然の疑問を抱いた。

(それに、近江屋殺しだけ違うってのは、どういうことなんだよ?)

重蔵は混乱した。

できればお高に追いつき、引き止めて、もっと話を聞きたかった。それがかなわぬことがもどかしく、ただただ口惜しかった。

小春日和の穏やかな陽が、足下の土を泥濘《ぬかるみ》に変えようとしていることもまた、忌々《いまいま》しかった。

第四章　過去の跫音《あしおと》

一

男の体からは、焦げたような、枯れ葉のような匂いがした。

そのときお高は、目を開けたままだった。

切り裂かれるような痛みと、異物に体を這いまわられる苦痛。快楽にはほど遠いその行為に、お高は耐えた、懸命に。

別に、どうということもない。

終われば男はいくばくかの銭をくれる。それでお高は、何日かぶりの飯にありつける。そのことだけを楽しみにして、お高は、男の為すすべてのことに耐え抜いた。

今更、泣くほどのことではないと覚悟していた筈なのに、男が置いていった二十四文を手にしたとき、期せずして涙が溢れた。
(畜生)
そのことが、お高には口惜しかった。
泣けば、自分がみじめになるだけだ。だから、何があっても金輪際《こんりんざい》泣いたりしない
と心に誓った、その矢先のことだった。
だから余計に、みじめさが増した。
(畜生、畜生、畜生……)
心の裡でだけ、口惜しさを嚙みしめた。
(ぶっ殺してやるよ)
自分を汚した男に対する恨みを深く深く、己の胸裡にだけ呑み込んだ。
呑み込んだまま、必死で生き続けた。
はじめて男を知った十三の齢《とし》から、何人の男を知ったとしても、およそ男に気を許
すことはなかった。物心ついたときから、ずっと一人だった。大人たちは彼女を慈《いつく》し
むわけでも庇護するわけでもなく、ただ利用した。そして、用が済めば捨てられた。
十六のときに出会った男は盗賊の手先で、狙ったお店《たな》などに奉公人として潜《もぐ》り込み、
一味を手引きする引き込み役を仕込まれた。

天性の素質があったのか、何度も同じ役目をこなすうち、お高はめきめきと腕を上げ、数々の一味から誘いを受けた。

だがお高は、特定の一味に属することなく、羽振りの好さそうな一味を選んで仕事をした。なまじ一味に属せば、万一その一味がお縄となったとき、一蓮托生《いちれんたくしょう》となる。そんなのは真っ平だった。

右肩から背にかけて、月と桜の彫り物をいれたのも、この頃のことだ。そのため、《夜桜》お高という二つ名がついた。

その二つ名を満更でもなく思っていながらも、無論お高は、「明日ありと思う心の仇桜　夜半《よわ》に嵐の吹かぬものかは」という親鸞《しんらん》の句など、知り得よう筈もない。

その後も盗賊の世界で身すぎをするうち、《花房》の藤五郎と出会った。

「おめえが《夜桜》お高か。なるほど、いい女だなぁ。どんな男でも骨抜きにされちまうというのも、強《あなが》ち大袈裟じゃねえや」

関東一円に散らばる手下の数はおよそ三百と言われる一味の大親分は、一見、大店の若隠居のような静かな風貌をしていた。

「かく言うこの俺が、骨抜きにされそうだぜ」

と笑った顔は、これまでお高が出会ったどの男よりも若々しく、無邪気なものだった。

藤五郎がお高に引き込み役をさせたのは、後にも先にもその一度だけだった。

元々、藤五郎の率いる《花房》一味は、何年もかけて入念な下調べをおこない、数年に一度、名だたる豪商を襲う。下調べも、人の配置も完璧であるため、しくじることはあり得ない。ごっそり稼いで手下どもにも分け前を与えると、すぐさま江戸を引き払い、地方に潜伏する。そのため火盗の捜査の手も及ばない。

駿河町に居を構える、高名な呉服商を襲うため、お高は、番頭の一人を誑《たら》し込んだ。本当は、奉公人として店に住み込むのが望ましいのだが、大店になればなるほど、身許のしっかりした人間しか雇わない。身許の定かならぬ者が分不相応な大店への奉公を希望すれば、当然口入れ屋も用心する。

仕方なく、お高はお店に出入りする小間物売りに扮して店の勝手口に出入りし、奉公人たちの噂話から、独り身で、最も女好きの番頭の名を聞き出した。

あとは、さり気なく出会って、得意の手管《てくだ》を用いるだけだった。

お高は番頭の口から店の間取りを聞き出し、金蔵の場所を聞き出し、剰《あまつさ》え蔵の鍵までまんまとせしめた。その上、出入り口の心張り棒を一つ外させるくらい、わけはなかった。

た。

「見事すぎる」

仕事が済んでから、お高の働きに対して、藤五郎はポツリと一言漏らしただけだった。

藤五郎は江戸を去る際、半ば強引にお高を伴った。

「大きなヤマを踏んだあとは、おとなしく身を隠してるに限るんだよ」

父親のような口調で諭されて、何故かお高は逆らえなかった。

実際、父親のような年齢でもあったのだ。

(どれほどの大親分だか知らないけど、あたしにとってはただの雇い主さ)

だが、うっかり従ってしまう自らの心に、お高は反駁した。

或いは、父親に反抗する娘のような気持ちだったのかもしれない。もっとも、父親を知らぬお高には、それとてよくわからぬ不可解な感情だったが。

ともあれお高は、藤五郎の女になった。

藤五郎によって、はじめて男に抱かれる歓びを知り、はじめて男を信じたい、信じてもいい、と思った。

その頃お高は既に二十歳を幾つか過ぎていたが、まるで、生まれて初めて男を知った生娘《きむすめ》のような気持ちで、藤五郎を慕った。

「俺はもう齢だ。いつお迎えが来てもおかしくねえ」

「なに馬鹿なこと言ってんですよ」

「いや、冗談じゃねえんだよ、お高」

「はいはい」

「俺が死んでも困らねえだけのものは遺してあるから、おめえはもう金輪際、あぶねえ橋を渡るんじゃねえぜ」

お高の耳許で、繰り返し藤五郎は言い聞かせた。

「いいな？」

「約束するから、親分も約束して」

「なにをだ？」

「長生きするって約束ですよ」

「そいつは、難しいなぁ」

「どうして？」

「こればっかりは……人の寿命ばかりは、どうにもならねえ、天のさだめだ」

「いいえ、あたしが死なせやしませんよ」

「怖ぇ女だな。その執念で、天のさだめも変えちまう気かい？」

「親分、いい齢して、なに言ってんですよ。元々、女は怖いものでしょう」

「違ぇねえや」

藤五郎は朗らかに笑い飛ばした。

藤五郎のそばにいるだけで、お高の心は不思議と安らいだ。

上州《じょうしゅう》の隠れ宿で藤五郎と過ごす時間は、お高にとって、生まれてはじめて味わう幸せな日々だった。永遠にこのときが続けばよいと、心から願った。


「江戸へ行く」

藤五郎が唐突に言い出したとき、お高は当然訝《いぶか》った。もう仕事はしない。江戸には当分足を踏み入れない、と宣言したのは藤五郎だった。

自らの言を、簡単に翻《ひるがえ》す男ではない。

「どうしたんです?」

「俺が行かなきゃ、始末がつかねえ」

「だから、どうして?」

「おめえはここにいろ」

「え?」

「始末をつけたら、すぐに戻ってくる」

確固たる口調で、藤五郎は言った。

だが、肝心の、何故行くのか、ということについては、一切《いっさい》お高に語ろうとしない。男が、己の中でだけすべてを解決しようと試みるこんなとき、彼に重大な危険が迫っているのだということを、これまでの経験から、お高は察した。

だからお高は、藤五郎のあとを追って江戸に入った。

駿河町の呉服商へ盗みに入ってから、既に数年が経過していたから、火盗の探索もそれほど厳しくはないはずだった。

が、当時のお高は火盗改というものについてあまりにも無知だった。現場において相応の戦闘力を求められる火盗の同心や与力は、一度配属されたら数年のあいだ移動はなく、ときには十年でも同じ事件、同じ下手人を追い続けることもある。

そしてこのときの火盗改は、《花房》一味をお縄にするため、躍起になっていた。

かつて藤五郎の手下の一人だった《檜皮《ひわだ》》の貫助《かんすけ》という者が、寄せ集めの破落戸《ごろつき》を引き連れて押し込みを働き、太物《ふともの》問屋の一家を皆殺しにしたのは、そんな矢先のことだった。

風の噂でそれを知った藤五郎は、一味の掟《おきて》を破った貫助に制裁を下すべく江戸へ向かった。江戸には、藤五郎の手下がまだまだ数多く潜伏している。彼らは堅気の暮らしを送りながら、藤五郎のために情報収集をおこなっていた。

そのため貫助の隠れ家はすぐに知れた。

藤五郎は手下も連れずに単身乗り込み、そして貫助に落とし前をつけた。

だが、貫助の隠れ家を捜していたのは、藤五郎の手下だけではなかった。火盗改の密偵もまた、とっくの昔に調べあげ、網を張っていたのである。即ち、一味の掟を破った貫助に制裁を下すため、藤五郎が江戸に姿を見せるのではないか、という火盗改の頭・矢部定謙の予感が見事に的中した。

間一髪で藤五郎は逃れ、お高の待つ盗っ人宿へ戻ってきた。

「早く江戸を出ましょう、親分」

だが藤五郎はお高の言葉を聞き入れなかった。彼は知っていたのだ。貫助の隠れ家を火盗改が見張っていたと知ったときから、最早逃げ切れぬということを。

踏み込んできた火盗の同心たちに殆どなんの手向かいもせず、至極あっさり、藤五郎はお縄になった。

はじから、彼がそのつもりだったということをお高が知るのは、なにもかも、すべてが終わってからのことだった。

「《夜桜》お高」

その男をはじめて見たとき、正直お高は絶望した。

この世の終わりに出くわしたような絶望感だった。無感情で表情に乏しいその男の顔はまさしく死に神と呼ぶに相応しいものだった。

「火付盗賊改方、矢部定謙だ」

牢の外から、男は名乗った。

まるで、同等な身分の武士に向かってするようなその名乗り方に、お高は些《いささ》か面食らった。まさか彼が、火盗改の頭だなどとは夢にも思わなかった。通常、身分の高い者は、自ら罪人の牢など訪れない。

だが、同時に、

(でも、平同心じゃあなさそうだわ)

ぼんやり思った。

明らかに身なりがいいし、お高を冷たく見据えるその双眸にも只ならぬ光がある。平同心でないとすれば、或いは与力か。うっかり思ってしまってから、

(え？　矢部？　いま、矢部って言った？)

お高は漸《ようや》くそのことに思い至った。

矢部定謙とは、お高のような稼業の者からすれば仇敵も同然な火盗改の頭ではないか。その名を聞いた瞬間、何故すぐにそれと察し得なかったのか。藤五郎がお縄となり、自分も捕らえられたことに、余程動顛していたのだろう。

「お高」

再度名を呼ばれて、お高は戸惑った。

火盗の頭が、一体自分に何の用だろう。彼ほどの身分の者が、一介の罪人に、わざわざ自ら引導《いんどう》を渡しに来たというのだろうか。

「そなた、盗っ人一味の引き込み役から、掏摸《すり》かっぱらいなど、これまで数々の悪行を重ねてきたな」

「…………」

「本来ならば、笞打《むち》ち、入れ墨の上、遠島は免れぬところだが、ある者のたっての願い故、その罪を差し赦す」

「え？」

「が、このままお解き放ち、というわけにはゆかぬ」

淡々と述べる矢部の言葉を、お高はぼんやり聞いていた。

「これよりのちは、火盗のために働いてもらうぞ」

「それは……」

つまり、密偵《いぬ》になれ、ということか。

お高は言葉を失い、黙って矢部を見返した。

彼の言うある者とは果たして誰なのか。

容易く想像はつくものの、矢部の口からははっきり聞かされなかった。

その想像が当たっていたとしたら。

(あのひとが、それを望むなら、そうするしかない)

お高の気持ちは半ば定まっていたのだが。

二

「明日ありと思う心の仇桜　夜半に嵐の吹かぬものかは」

抑揚のない声音で彼は言う。

「この歌を知っているか?」

「はい」

問われて、お高は素直に肯《うなず》いた。

知り合ったばかりの頃、藤五郎が教えてくれた。

「明日のことは誰にもわからねえ。おめえだって、まだ若いんだからな」

歌の意味をお高に教えたあとで、藤五郎はそう言って優しく微笑《ほほえ》んだ。

大泥棒でありながら、藤五郎は文字にも明るく、お高にいろいろなことを教えてくれた。お店に奉公人としてもぐり込むために読み書きと算盤《そろばん》は必死で習ったため、お高も平仮名だけはどうにか読めたが、武士の教養である真名《まな》など読めよう筈もない。

藤五郎はお高に文字を教えてくれた。

文字が読めるということは意外に面白く、生きる上で存外役に立つと気づき、お高もすすんでこれを学んだ。以来、黄表紙や読本くらいは読みこなせるようになった。

そのひとは、お高の知る限りいつも書見台に向かい、書物に目を落としている。

（いつもいつも、一体なに読んでるのよ？）

お高は興味津々《しんしん》だった。

書物とは、それほど、星の数ほども世に存在するものなのか。

そっと背後にまわり込み、そのひとの背中から覗き込む。

お高が見てもさっぱり解らぬ難しい真名が書面一面を埋めつくしている。

「書に興味があるのか？」

「い、いいえ……」

背中から問われて、お高は焦る。

「お前も、読んでみるか？」

「あたしに、読めるはずがありませんよ」

「ならば、教えてやろう」

「お殿様がですか？」

「ああ」

「だって、お忙しいお身の上ではありませんか。それに、あたしなんか……」

「臆《おく》することはない。学ぶ心を持つのはよいことだ。『学は及ばざるが如くす。猶之《なお》れを失わんことを恐る』……儂も、これを失わぬために、こうして日々研鑽を積んでおる」

「お殿様にも、まだ、学ぶことがおありですか？」

「当然だ。学問の道に終わりはない」

「恐ろしゅうございます」

「恐ろしい？」

「唐《から》の国の古《いにしえ》の化け物で、牛だか羊の姿をしていて、貪《むさぼ》っても貪っても、なお飽き足らず、永遠に貪り続けるという……」

「饕餮《とうてつ》のことか。そなた、よくそんな難しいことを知っておるな」

「藤五郎に教わりました」

「ほう、藤五郎も、妙なことを知っておる」

「…………」

「そうだ。そなたにこれをやろう」

男は傍らの書架から一冊取り出すと、無造作にお高の手に与えた。

「『山海経《せんがいきよう》』?」

「唐の国の、古の動植物、鉱物などについて記された書物だが、古の化け物についても書かれている。饕餮のことも書かれているぞ」

「あ、あたしなんかがいただてもよろしいのですか? 高価な書物なのでは?」

「かまわぬ。少々難しいかもしれぬが、そなたなら、読めるだろう」

「あ、ありがとうございます。……早速明日から」

「明日ありと思う心の仇桜　夜半に嵐の吹かぬものかは——今日から読むがよい。そなたも《夜桜》お高の二つ名を持つ女である以上、明日はないものと思うて生きねばならん」

「はい」

お高が素直に肯くと、男は蜻蛉《かげろう》の羽よりもなお薄い微笑みをその唇辺《くちべ》に刷《は》いた。滅多に笑顔を見せぬ男の淡い笑顔を、とても貴重なもののようにお高は盗み見た。笑うと、存外優しい瞳になるのだということを、そのときはじめてお高は知った。


ふと目を覚ました。

男の声を聞いた気がしたが、すぐに夢だとわかり、

(なんだろ、あたしらしくもない——)

お高は自ら、そのことに戸惑った。

(いまごろになって、あのお方の夢を見るなんて……)

しばし戸惑ってから、それが、近頃とある男と出会ったせいかもしれない、と思い、少しうろたえた。

しかも彼は、外見も性格も、お高がかつて知っていた男とは、なにもかもが違っていた。多少違っているどころか、正反対のように見えた。それでいて、話していると、何故かその人の面影が重なって見えることがあり、お高は自分でもそのことに驚いた。

（似ているとすれば、侍らしくない、おかしな人だということくらいなのにね）

お高は思わず忍び笑う。

本当に、おかしな男だった。

お高のような女に対して、まるで対等な身分の者、或いは学問の弟子に向かって言うような言葉遣いでいつも接した。

（このお方は、奥方様や他の女の人に対しても、いつもこんな感じなのかしら？）

とも思ったが、到底知り得よう手だてもないことについてあれこれ推測する根気は、じきに潰えた。

与えられた役目を果たし、お高がその報告をするたび、その人はいつも熱心に聞いてくれた。

「それで、天満《てんま》のあたりの人出はどのようになっておる？」

ときに質問を発したりしながら。

熱心に聞いてもらえると思えば、調べるほうも力が入る。お高は彼の欲する情報を逐一集めようと懸命に努めた。

すべての報告をし終えたあとの束の間の雑談が、お高にはなによりの楽しみだった。

「唐の国の何某という武将が――」

などと唐突に彼が言い出したときは多少面食らったが、お高は熱心に耳を傾けた。知っている事柄ならときに相槌を打ったり、質問したりしながら。全く未知のことに対しては素直な畏敬の念をもって。

或いは彼は、勘違いしたのかもしれない。

お高が、難しい書物や漢学の話などを本気で歓ぶと信じていたのだろう。二人きりになるといつもそんな話ばかりだった。確かにその頃のお高は好奇心の塊《かたまり》のようで、未知な話に対しては瞳を輝かせて聞き入ったものだった。

かつて藤五郎も、さまざまなことをお高に教えてくれた。それ故、教えられることに、一種の安心感すら覚えていたのかもしれない。

(最後の最後まで、《先生》と《弟子》だったけどね)

そのことが、お高にはややほろ苦くもあり、同時に少し哀しくもある。

お高は床の上に身を起こし、隣室にいる筈の男の名を呼んだ。

「喜平次?」

「へい」

即座に返事がある。やはり、眠ってはいなかったのだろう。

あれから――外出先で、お高が、かつての藤五郎の手下から襲われるということがあって以来、喜平次を、用心棒のように身近に侍《はべ》らせていた。使い道がなくて持て余していたところだったので、ちょうどよかった。別に命が惜しくてしていることではない。

お高は起きあがり、衣桁《いこう》にかけた着物を羽織って前を掻き合わせざま、襖を開けた。

「姐さん」

喜平次が驚いて飛び起きる。

寝ずの番とはいえ、家中が寝静まってしまえば、ついうとうとすることもある。お高は別に責めるつもりはない。元々、用心棒として本気であてにしているわけではないのだ。

「お前、もう、ここにいなくていいよ」

「え？」

「《仏》の旦那が、あたしのなにを調べさせたくてお前をここに寄越したか、やっとわかったよ」

既に夜が明けているとはいえ、部屋の中は未だ仄暗い。

「あたしに訊きたいことがあるなら、いつでもいらしてください、って旦那に伝えておくれ。《夜桜》お高は、逃げも隠れもいたしません、てね」

「姐さん」

狼狽《うろた》えた喜平次は、ただぼんやり、お高を見つめ返すだけだ。

「どうしたんだい、喜平次？」

「それがその……」

言いにくそうに、口ごもる。

「言いたいことがあるなら、はっきりお言いよ」

「どうも、そうはいかねえようなんですよ、姐さん」

「え？」

「旦那が、おいらをこちらへ寄越した理由は、姐さんが思ってるとおりのことなんだと思います。勿論おいらには、なんのことかさっぱりわかりませんがね」

「…………」

「けど、どうやら変わっちまったらしいんですよ」

「なにが変わったんだい？」

「だから、旦那の目的が、ですよ」

「なんだって？」

お高は険しい顔をする。

「どう変わったって言うんだよ？」

「ですから、その……」

喜平次はしばし言い淀んだ。

重蔵の密偵として動いている自分が、果たしてそこまで、調べる対象であるお高に明かしてしまってよいのかどうか。

「もう、遅いよ」

喜平次の逡巡を瞬時に察してお高は微笑した。

「お前、今更あたしになにか隠しだてできるとでも思ってるのかい？」

「…………」

「そうかい。言いたくないなら、別にいいよ。死ぬまで、あたしのそばにいるんだね。おかげであたしは、毎晩頼りになる用心棒に寝ずの番をしてもらって、枕を高くして眠れるってもんさ」

意にも介さずお高が背を向けようとするので、喜平次は焦った。

「や、闇の裁きのことですよ」

夢中で口走ってた。

「河内屋と湊屋の旦那を殺した闇の裁きってのは一体どういうことなのか、何処の誰がやってることなのか、調べるように言われたんです。それには、お高姐さんのそばにいるのが手っ取り早いんじゃねえか、って……」

行きかける足を止めたお高が、喜平次の言葉に聞き入っているとも知らず、無我夢中で口走っていた。

「だから、おいら、もうしばらく、こちらにおいてもらわなきゃならねえんですよ」

「喜平次、お前——」

やがて喜平次が言い終えたとき、お高は半ば呆れ、半ば憐れむような目で、じっと彼を見つめていた。

「いいから、旦那のところへお帰り。旦那には、あたしからいいように言っといてあげるから」

「姐さん……」

「大丈夫だよ。旦那のとこへ戻れば、お前にはやらなきゃならない仕事があるんだ。そのほうが、ここにいるより、ずっとましだろ」

言いながらお高は衣桁に戻って帯をとり、その場で締めつつ、

「それに……お京さんて言ったっけ？」

背中から何気なく問う。

一瞬相手が何を言ってるかも理解できぬほど自然な口調で問われて、喜平次は混乱した。

「え？」

「あんな別嬪《べっぴん》、いつまでもほっとくと、ろくなことにならないよ」

「…………」

言い終えたときには、お高は、紫の絞り縮緬の帯を「文庫くずし」に締め終えている。

「旦那に、ちゃんと伝えるんだよ」

「え？」

「だから、いつでも、なんでも、訊きに来てください、ってことさ」

「あ、はい、伝えます」

慌てて答える喜平次の面上が安堵に満ちてゆくことを確認してから、お高は足早に部屋を出た。既に陽が昇って寸刻が経っている。また忙しい一日がはじまるのだ。

三

「お染さんから、目を離さないほうがいいですよ」

というお高の言葉を信じて、近江屋の別宅——つまり、近江屋の主人が殺された現場には、若い同心と目明かしを交替で張り込ませていた。

（お高め、なにか知ってるなら、勿体つけずに教えてくれればいいものを——）

とは思うが、かといって、重蔵にも意地があり、自ら「教えてくれ」と言うこともできない。勿論、喜平次を通じての伝言は聞いているから、何《いず》れは行かねばならないと思っているが。

忌中の貼り紙が翻《ひるがえ》る近江屋の店先をゆっくりと行き過ぎたとき、

「旦那」

不意に声を掛けられて、重蔵は卒然我に返った。

「近江屋さんに、御用の筋ですか？」

目の前に立っているのは、白紺の千筋縞《せんすじじま》を着た若い男だ。

「なんだ、おめえか」

「なんだはねえでしょう」

青次は不満げに片頬をふくらませた。

童顔なので若く見えるが、これでも三十を幾つか過ぎている。

「このあたりに、蕎麦屋《そばや》はあったかな？」

「また、そういうことを……いつもいつも、蕎麦屋の看板娘に惚れるとは限りませんよ」

「じゃあ今度は何屋の看板娘に惚れたんだ？」

「知りませんよ」

重蔵の揶揄があまりにひどいので、とうとう青次は拗《す》ねた顔をプイと横に背《そむ》けてしまう。

「はは……」

その横顔を見ると、重蔵は嬉しくなる。

喜平次には依怙贔屓と思われるだろうが、重蔵は、こういう青次を見ているのが嬉しくて仕方ないのだ。

「お店に届け物でもした帰りか？」

しばし笑いを堪えてから、ふと真面目な口調で重蔵は青次に問うた。

「ええ、ついでに近江屋さんに寄って、線香でもあげさせてもらおうと思ったんですがね。亡くなった旦那には、ご贔屓にしてもらってましたんで――」

「近江屋に？」

「近江屋の旦那、評判の女好きだったでしょ。お妾さんを囲っただけじゃ飽きたらず、派手な芸者遊びもしょっちゅうだったんですよ」

「そのようだな」

「そんなとき、座敷に呼んだ芸者衆に、気前よく、簪《かんざし》や高価な紅白粉《べにおしろい》をばらまくんですけどね。贔屓の問屋に、わざわざおいらを名指ししてくれて……その、おいらの簪は、玄人衆《くろうと》の姐さんがたにも割と評判がいいもんで――」

「なるほどな」

重蔵は一旦納得し、だがすぐに怪訝そうな顔つきになる。

「で、線香はあげてきたのか？」

「いえ、それが……」

青次は気まずげに口ごもった。

「どうした？」

「ここへ来る途中、人が噂してるのを聞いたんですが、近江屋の旦那、酷《むご》い殺され方をなすったんでしょう。しかも、お妾さんの家で――」

「………」

「女将さん、さぞや気が立ってるんじゃねえかと思いましてね。ご存知かもしれませんが、元々きついお人なんです。おいらなんかがのこのこ顔出したら、なに言われるか、わかったもんじゃありません」

「それで、二の足踏んでたってわけか？」

「女将さんだって、こんなとき、他の女たちに配る簪をつくってた男の面なんざ、見たくはねえでしょう」

「そうかもな」

重蔵は気のない返事をした。

女将のおひさが、相当激しい気性の持ち主であることは、ひと目見ただけでも容易に察しがついた。

元々は近江屋の番頭であった吉兵衛《きちべえ》が、一人娘のおひさと恋仲になり、かなり強引に入り婿《むこ》におさまった。だが、当初おひさの両親は、使用人あがりの上に娘よりひとまわりも年上の吉兵衛を毛嫌いしていた。ところが、遣り手の吉兵衛が忽ち店を大きくするに及んで、すっかり掌《てのひら》を返したらしい。

やがて吉兵衛が札差株を買い、株仲間に名を連ねるまでになると、「自慢の婿だ」と周囲に漏らし、女遊びをはじめとする吉兵衛の自儘《じまま》も、無条件で許すようになっていた。いや、許すもなにも、その頃には、隠居夫婦の威光など、店には殆どなんの影響も及ぼさなくなっていたのだろうが。

おひさの両親である隠居夫婦も、数年前相次いで世を去った。いよいよ恐いものの なくなった吉兵衛は、遂に妾を囲った。既に跡取りの息子を産んでいるおひさは、渋々納得したが、そもそも家付き娘で気位の高いおひさが、それをどれほど恨みに思ったかは、想像に難くない。

(妾は、無事じゃすまねえかもしれねえな)

武家の出らしく臈長《ろうた》けた――それでいてどこか幸薄《さちうす》そうなお染の美貌が脳裡を過《よ》ぎり、重蔵は暗澹たる思いに陥った。

それ故、青次がいつ重蔵に別れを告げ、去って行ったのか、覚えていない。

「近江屋の後家さんは、どうやらお染を自宅に住まわせたいようですよ」

張り番を交替した権八が戻ってくるなり言い出して、重蔵を驚かせた。

縁先で口を漱《すす》いでいた重蔵は、驚きのあまりその水を飲み込んでしまう。

「なんだと？　それは本当か？」

「お染のほうは、暇を出してほしいみてえなんですけどね」

「そりゃあ、旦那も死んじまったし、本宅なんて居心地悪いだけだろうからなぁ」

「ところが、おひさは納得しねえんですよ。『人死にの出た家に住み続けるのはいやだろうし、うちも、旦那様が亡くなってこの先商売がどうなるかわからないから、これまでどおり、貴女にお手当てをあげられるかどうか、わからない。かといって、身寄りのない気の毒な者を放り出すような真似はできないから、うちに来るといい。そうすれば、死んだ旦那様も草葉の陰で安心するだろう』って、そりゃあもう、熱心に勧めるんですよ」

「随分と、親切だな」

　重蔵の口調は、当然皮肉なものとなる。妾宅に駆けつけてきた折のあの険しい表情からは、想像もつかぬ優しさであった。

(女ってのは、さっぱりわからねえな)

　重蔵は内心深く嘆息していた。

「そのくせ、通夜にも葬式にも、出席することは許さねえってんだから、親切なんだか冷てえんだか、さっぱりわかりませんよ」

権八もまた、重蔵の内心に激しく賛同したが、重蔵はふとあることに気づくと、

「近江屋の後家は、おめえらが近くにいるのを承知の上で、お染にその話をしたのか？」

真剣な顔で権八に問い返した。

「え？」

「だから、おめえたちがそばで話を聞いてるのを承知した上で、お染に、本宅へ来い、と勧めたのか、って聞いてんだよ」

「そりゃあ、承知ですよ。おいらの顔見て、『親分さん、ご苦労様』って言ってくれましたからね」

唐突な重蔵の問いに面食らいながらも、権八は応えた。

「なるほどな」

重蔵は合点した。と同時に、

「なら、もう心配はいらねえや。おめえら、お染の見張りは、もうやめていいぜ」

急に明るい表情になって言った。

「え、いいんですかい？　まだ、お染が下手人かもしれねえって疑いは晴れてねえんでしょう」

「疑いは晴れなくても、お染はどうせ、本宅へ行くんだろ。だったら、どのみち見張りは必要ねえよ」

「でも、本人は気が向かねえ様子でしたよ」

「気が向こうが向くまいが、頼れる身寄りがいねえ以上、何《いず》れそうするしかねえだろうぜ」

「…………」

権八は少しく驚いた顔で重蔵を見返した。

妙に捌《さば》けて、突き放したようなそんな言い方は、《仏》の重蔵にはあまり相応《ふさわ》しくない。責めるような権八の目が、そう言っていた。なんとでも思え、と重蔵は応えた
——勿論、心の中でだけ。


(何の音?)

お染は懸命に耳を澄ましていた。

風の音だと思い込もうとすればするほど、別のものに聞こえてきて、居ても立ってもいられなくなる。

ゴソゴソゴソゴソ……

鼠《ねずみ》が天井裏を這い回るような音。

次いで、低く話す人声を聞いた気がした。

旦那が殺された翌日から、そんな些細な物音が家の中の随所で聞かれるようになった。

殺された吉兵衛の怨念が、家の至る所に渦巻いているのだろう、とお染は思った。錯覚だと笑われそうで、誰にも話してはいないが。

吉兵衛を殺した下手人がお染だと疑っているのか、殺しの翌日からずっと、同心や目明かしが、いつも家の中にいた。それが、どういうわけか、今夜は全員引きあげている。見張られているのは不愉快だし、家の中に常に他人がいるのは鬱陶《うっとう》しかったから、彼らがいなくなってくれたことは、是とするべきだった。

少なくとも、夜が更けてくるまでは、そう考えていた。

だが、吉兵衛が離れで殺されてから、お染ははじめて、この家で一人の夜を過ごすことになる。下働きの小女も老爺も、妻のおひさによって、とっくに暇を出されていた。

故に、決して狭くはない家の中に、いまはお染がたった一人でいる。

ヒタヒタヒタヒタ……

ぎゅ、

と廊下を軋ませる足音とともに、迫り来るいやな気配が少しもやまない。

(まさか、お化け？)

思わず悲鳴をあげそうになったとき、蠟燭《ろうそく》の火が、ふと消えた。闇が恐ろしくて、床《とこ》に入る際も消さずに灯し続けていた明かりが、不意にかき消えたのだ。

「…………」

もう少しで無防備な悲鳴があがるかと思われた次の瞬間、開きかけたお染の口は、何者かによって、不意に塞がれた。

(誰？)

お染は戦《おのの》き、懸命に藻掻《もが》いた。だが、

「騒ぐんじゃねえ」

男の低い声音がすぐ耳許で囁かれ、お染の体は凍りついた。

寝室に侵入され、その何者かによって口を塞がれると同時に、身動きの自由すら許されぬほどの拘束を受けている。

即ち、絶体絶命の危機にあるということを、お染は漸《よう》く覚ったのだ。

「おとなしくしてろ。騒いだら、殺すぞ」

恫喝しつつ、口を塞いだ男の手がお染の細い首にかけられる。

お染は藻掻くことをやめ、四肢から力を抜いた。即ち、男に身を預ける恰好になる。

「さすがはお武家の娘だ。物わかりがいいぜ」

揶揄するような男の囁き声を、

「ちッ。余計なこと、言わなくていいんだよ」

女の激しい舌打ちが制した。

灯りの消された闇の中に、もう一人、誰かいる。それも、女だ。

「さっさとやっちまいなよ」

掠《かす》れた囁き声だったが、お染はその女の声音に聞き覚えがあった。

(ま…さか?)

お染は無意識に体を凍りつかせる。

「なにしてんだよ、怖《お》じ気《け》づいたのかい?」

「いや、勿体ねえと思ってよ」

急《せ》かす女の言葉に、遠慮がちに男が言い返す。

お染は息をひそめてそのやりとりを聞く。

「どうせ殺すなら、その前に、この女、好きにしてもいいだろ?」

「いやらしい男だね」

「だって、武家の娘なんて、こちとら一生のうちにお目にかかれるかどうか……いっぺんくれえ味見したって罰は当たらねえだろ？」

「しょうがないね。好きなしな。……但し、早くすませるんだよ」

忌々しげに言い捨てて、女が部屋の外へ出て行く気配がし、

「ありがてえ、おかみさん。……じゃあ、遠慮なくいただくぜ」

お染の体を背後から拘束していた男は嬉しげに呟く。嬉しさのあまり、言ってはいけない言葉を口走ったということに、男は気づいていないだろう。

「へへ……」

嬉々として、男はお染の襦袢《じゅばん》の身八《みや》つ口《くち》から無遠慮に手を差し入れた。

かさついた男の手に、乳房を摑まれ、

「いやッ」

お染は思わず悲鳴を上げた。全身が総毛立つほどの悪寒をおぼえた。

「おい」

男は慌ててお染の口を押さえる。

「おとなしくしろって言ってるだろうがッ」

男の苛立った声音が耳朶を穿《うが》つ。

「声だしやがったら、すぐに絞めるからな」

「…………」

お染は、泣くのと悲鳴を懸命に堪えた。

「どうせなら、絞めながらやったらどうだい？」

女の低い笑い声が、闇に響いた。部屋外へ去ったかに思われた女が、すぐそこで、二人の様子を窺《うかが》っている。口にする言葉の恐ろしさも含めて、到底正気の沙汰とは思えなかった。

「そういうの、すごくいいらしいよ」

「そうなのかい？」

「ああ、何人もの女を手籠《てご》めにして殺した男が言ってたってさ」

「へぇ〜、そうなのか」

「なんでもいいから、早くやりなよ」

容易く感心する男に、もとより女の言葉はにべもない。

「わかってるよ」

「その女を絞めて、梁《はり》に吊す前に、遺書を書かせなきゃならないんだからさ」

「けど、たった一度で終わりたあ、勿体ねえなぁ」

ひとしきり体を弄《いじ》ったあとで、男はお染を床の上に組み敷き、裾をひろげた。

（いや……）

心で叫びつつも、恐ろしさのあまり、お染は声を出せなかった。

いま、自分を犯そうとしている男が何処の誰なのかは知らない。だが、嗾《けしか》けているのは、間違いなく、あの女だ。男がうっかり、「おかみさん」と口走らなくても、お染にはわかっていた。

「梁に吊すってのは、てめえで首括ったように見せかけるためかい？」

唐突に響いた別の男の声音が、お染の上に乗っていた男の動きをピタリと止めさせた。その男の声には、お染は全く聞き覚えがなかった。

「だ、誰だ」

「…………」

「おっと、待ちな」

という男の呼びかけは、無言のまま逃げだそうとしていた女に向けられたものだろう。

「あッ」

女の足が止まったのは、行く手に突然明かりが灯ったせいである。

提灯《ちょうちん》を手にした者が不意に暗がりから現れて、女の行く手に立ち塞がっていた。

仄明《ほのあ》かりがぼんやり周囲を灯すと、室内にいる者たちの姿も顔もすっかり曝《さら》されてしまう。

「くッ……」

女——近江屋の女将・おひさは唇を噛んで顔を背けた。

「旦那を殺して、その罪を若い妾におっかぶせようたあ、いい根性してるぜ、女将さん」

おひさの行く手を阻んだ男——喜平次は、手にした提灯を翳《かざ》してわざとおひさの顔を曝《あば》きながら、誰に言うともなく言葉を発する。そのときには、お染を襲っていた男も既に、音もなく室内に侵入していたもう一人の男の手によって捕らえられている。

もう一人の男とは、言わずもがな、南町奉行所与力《仏》の重蔵こと、戸部重蔵にほかならなかった。

着物の前をだらしなくはだけた男が、深く項垂れ、為されるがままおとなしく縄をうたれているのは、もとより己の所業を悔いて反省したからではない。手向かいしようと匕首を抜いて斬りつけてくるのを軽くかわしざま、重蔵がその手の甲を強《したた》か刀の柄《つか》で叩き、男の鳩尾《みぞおち》へ、グィッと柄を突き入れて当て落としたためだ。

　男は、半ば意識を失っていた。

　それを見て、おひさも観念したのだろう。その場にガクリと膝をついた。

「ところでおひさ、こいつは一体何処の誰なんだ？」

「三五郎《さんごろう》とかいう、無宿人の博奕打《ばくち》ちですよ。博奕場で大負けして借金こしらえてたのを、肩代わりしてやろうか、って声かけたんです。大喜びで言うこと聞きましたよ」

　重蔵の問いに、おひさはスラスラと返答した。一旦観念してしまうと、女は強い。

「博奕場に、てめえで出向いて捜し出したのか？」

「ええ」

「大胆な真似をしたもんだな。顔見知りの手配師や地廻りに相談するって手もあったろうによ」

「そんなことをしたら、話が漏れるじゃありませんか。こういうときは、後腐《あとぐさ》れがないように、見ず知らずの人間を使うのが一番なんですよ。秘密を知る人間を増やさないためにもね」

　悪びれもせずにおひさは言い、

「なるほどな。お染を殺して、首を吊ったように見せかけたあとで、この野郎も消しちまうつもりだったか？」

半ば毒気を抜かれた顔で重蔵は更におひさに問う。

「…………」

おひさは応えず、ただ薄く微笑んで見せた。

ゾッとするほど妖艶な微笑だった。

（この女、案外別嬪だったんだな、気がつかなかった）

つい思ってしまってから、こんなときでも、女の容姿が気になってしまう男という生き物の罪深さを、つくづくと感じた。

四

微《かす》かに響く水音に、しばし耳を傾けていた。船頭は、殆ど櫓《ろ》を動かさず、流れに任せているようだ。中の話には興味がないということを示すためか、絶えず小唄を口遊《くちずさ》んでいる。

（いい声だな）

重蔵はつい聞き惚れた。

それから、手の中の盃がいつのまにか満たされていることに気づき、やおらそれを飲み干した。

「いいよ。自分でやるから」

干したそばからまた注ごうとするお高の手から、重蔵は徳利の首をつまんで取り上げた。

「お前に酌をしてもらうと、つい飲み過ぎちまう」

取り上げた徳利を自分の膳の上に戻しながら、重蔵は笑顔をみせた。

注がれるままに飲んでいては酒を過ごす。折角意を決して訪れたのだから、酔っぱらってしまう前に、聞くべきことは聞いておきたい。

「今夜は存外暖かいから、舟を出しましょうかね」

お高が言い出したとき、

(舟はまずいな)

重蔵は正直、悪い予感がしていた。話を余人に聞かれたくないための配慮であることは無論わかっている。

だが、舟の中でお高と差し向かいになれば、彼女に勧められるままに酒を過ごしてしまうだろう。気まずさを回避するためにも、どうしてもそうなる。
が、屋形船の中であろうが舟宿の二階の座敷であろうが、結局同じなのだというこ
とに、重蔵はやっと気づいた。
手を伸ばせば容易く相手の体に触れられるほど狭いところに二人きりで相対してい
る気まずさは、どこにいようと変わらない。座敷ならもう少し広いだろうが、どうせ
お高は酌をしようと近づいてくる。下手《へた》をすれば、重蔵のすぐ脇に座るかもしれない。
ならば、
(こうして向かい合ってるほうが、まだましか)
重蔵は己に言い聞かせた。
「訊きたいことがあるなら、いつでも来い」
とまで女に言われて尻込みするのは、さすがに男が廃《すた》る。近江屋殺しの下手人を捕
らえられたのをよい潮合《しおあい》に、重蔵はお高の許を訪れた。
往訪することは事前に知らせず、重蔵は突然訪れた。
「ようこそ、いらっしゃいました」
お高は僅かも狼狽《うろた》えた様子を見せず、いつもの得意客に向ける満面の笑みで重蔵を
出迎えた。それが些か——いや、かなり癪《しゃく》に障《さわ》ったが、どうにもならない。

「はじめから、おめえにはわかってたんだな」

「なにがです？」

二筋三筋、こぼれた鬢《びん》の毛をそっと押さえつつ、お高は訊き返す。いつもながら、艶っぽい所作だ。

「近江屋殺しの下手人が、女房のおひさだってことだよ。わかってたんだろ？　だからあのとき、『近江屋さんは違います』と言ったんだろ？」

だが重蔵は、真っ直ぐお高を見据えたまま、重ねて問うた。

「まさか」

お高はあっさり笑い飛ばす。

「あたしが、違うと言ったのは、近江屋さんを殺したのが、『闇の裁き』の一味じゃないってことだけですよ。誰が下手人かなんて、わかるわけがありません」

「だからその、『闇の裁き』とやらの仕業《しわざ》じゃねえと、どうしてわかったんだ？」

「『闇の裁き』というのは、おそらく、頼まれて復讐を代行する組織です。その者に、恨みをいだく何者かの意を受けて、憎い仇《かたき》を殺しているのです」

「なんだと？」

「ですから、決して、顔に傷をつけるような真似はいたしません。顔に派手な傷があれば、弔問客が変に思いますからね」

「なるほど。俺が見た湊屋の遺体も、体の、着物に隠れて見えねぇとこには刀傷があったが、顔には傷一つなかったなぁ」

「世間体《せけんてい》を憚《はばか》った家族が、病死だと偽れるように配慮しているのです。殺しだと知られたら、何故殺されたのか、根掘り葉掘り、調べられてしまいますからね」

「だが、過去にどんな罪を犯していたとしても、家族にとってはそんなことは――」

「旦那」

お高がやんわりと重蔵を制した。

いま話題にしてるのは、そのことではありませんよ、と目顔《めがお》で制されて、重蔵は気まずげに口を噤《つぐ》んだ。

「でも近江屋さんの死体は、顔も体も、見境なく切り刻まれていました。あんなに派手に痛めつけたら、それこそ、悲鳴だってあげるでしょう。あれは、『闇の裁き』の仕事じゃありません」

「…………」

きっぱりと言い切るお高を、重蔵はただ見つめるしかない。

「それに、前にも言いましたが、近江屋さんは強引な商売で他の店を潰したり、のっとったり、かなり阿漕《あこぎ》なこともして、あそこまでのし上がったんです」

「そういう奴なら、『闇の裁き』に狙われる理由も、充分ありそうだな」

「ええ。だから、そう思って、近江屋さんの身辺を、あれこれ調べていたんですよ」

「それで、妾のお染の生い立ちも知ったのか」

「ええ。近江屋さんの周辺で、最も『闇の裁き』に依頼しそうなお人でしたからね」

「だが、なんにも知らねえお染に、近江屋の旦那が親の仇だと教えたのは、おひさだろう？」

「おひささんは、そこまで吐きましたか」

「いや、そこまでは訊いてねえ。旦那殺しを認めたおひさに、今更それを問い質《ただ》してもしょうがねえからな」

「訊かれても、おひささんはそらとぼけるでしょうしね」

「だろうな」

重蔵は苦笑し、そこでしばし言葉を止めた。

本題は、ここからだ。景気づけの酒を手酌で注いでひと息に呷《あお》ってから、

「それでお前は、『闇の裁き』をどう思う？」

問うてみた。

「どう、とは？」

訝る顔つきで、お高は問い返す。

「昔の罪を忘れて平然とのさばってる奴を密かに葬るのが『闇の裁き』なんだろ？　少なくとも、悪い奴に裁きを下してるんだ。正しいことをしてる、とは思わねぇのかい？」

「さあ……」

お高は少しく困惑した。

「正しいかどうかなんて、あたしにはわかりませんよ」

「だが、『闇の裁き』についての調べは、たいして進んじゃいねえ。おめえみてえな腕利きの密偵が、どうしてだ？」

「…………」

「『闇の裁き』に共感するから、そうなるんじゃねえのか？」

「火盗の御用じゃないからですよ」

「え？」

思いがけないお高の言葉に、重蔵は戸惑う。こちらが一方的に追いつめていると思っていい気になっていたのに、不意に足下をすくわれた。あてが外れた重蔵の打撃は大きい。

「『闇の裁き』のことは、あたしが勝手にそう思って調べてるだけで、別に、火盗から仰せつかった御用、ってわけじゃないんですよ」

「…………」

「だいたい、『闇の裁き』なんてもんが、本当に存在するのかさえ、あたしにはわかりませんよ」

「おい――」

重蔵は焦った。

焦ったところへ、

「旦那はどう思われるんです？」

お高が逆に問うてきた。

「え？」

「『闇の裁き』だなんて言ってるけど、もとを正せばただの人殺し。だから必ずお縄にする――」

「…………」

「違いますか？」

重蔵は答えられなかった。

以前の彼なら、迷わず「そのとおりだ」と答えたろう。如何なる理由があろうと、人殺しは許されない。ましてや、私怨による意趣返しなど、許されていい筈がない。だが、だからといって、意趣返しをしたい、と望む者たちの気持ちがわからないわけではない。以前にもましてわかるようになってしまったからこその、迷いであり、逡巡だった。

(俺は一体、なにがしてえんだ?)

そんな迷いの中で、重蔵は自らに問い糾した。残念ながら、返事はなかった。

舟が流れのまま川を下り、元の岸に戻るまで、半刻あまりもかかったろうか。その間、重蔵は結局、手酌で三合あまりの酒をあけてしまった。七輪に鍋をかけ、その中に銚釐《ちろり》を入れて酒を温めてくれるのだが、舟の中が煙くなるのを嫌って炭を足さず、殆ど熾火《おきび》の状態になっているので、温まるまでに些かのときを要する。しかし、じっくりときをかけるため、燗《かん》の加減が実にちょうどよい。温まった銚釐の酒を徳利に注《そそ》ぐお高の所作によどみはない。器を移しかえることで、更に酒はまろみを増すのだ。

肴《さかな》は、蛤《はまぐり》の酒蒸しに焼き蟹《がに》と、申し分なく上手《うま》い。さすがは、板前の腕がいいと、お高が自慢しただけのことはあった。

(屋形船なんてのは、所詮裕福な旦那衆の遊びだと思ってたが存外悪くねえな)

心地よい微酔《ほろよ》いとほどよい揺れ具合に、重蔵は半ば陶然としていた。

だがお高は、途中からめっきり口数が少なくなってしまった重蔵が、まだなにか、言い足りないのではないかと忖度《そんたく》した。最も訊きたい筈のことを、彼は未だ訊けていないのではないか。

「もうひとまわり、させましょうか？」

お高は見かねて声をかけた。

舟を着けろ、と命じなければ、船頭はいつまででも櫓を操り、舟を動かし続けるだろう。だが、

「いや、いいよ。もう、着けてくれ」

重蔵は軽く首を振った。

「これ以上乗ってたら、妙な気持ちになっちまう」

「妙な気持ち？」

「俺も男だからな。おめえみてえな女と、一刻以上も差し向かいでいたら、そりゃ、

妙な気持ちにもなるぜ」

「どんな気持ちです？」

昼の端を弛め、お高は重蔵をじっと見つめる。男にとっては最も厄介な問いかけだ。もとよりお高は困らせるつもりで発したのだろう。

「どうっておめえ、これ以上一緒にいたら、抱きたくなっちまう、ってことだよ」

だが重蔵は、酔いも手伝ってかさほど迷いもせず、易々と言ってのけた。これにはお高のほうが面食らい、しばし絶句していたほどである。

「…………」

一瞬呼吸をとめ、無言で重蔵を見返してから、

「抱いてくださっても、かまいませんよ」

お高は艶っぽく微笑んだ。

「矢部さまとあたしの間には、なにもありませんでしたから」

「え？」

「旦那が想像しておられるようなことは、なにも――」

「…………」

「お信じにならないかもしれませんが、本当です」

きっぱりと言ってから、お高は傍《かたわ》らの障子を細く開け、舳先《へさき》のほうにいる船頭に向かって、

「着けておくれ。お客様はお帰りだよ」

「へい」

答える一瞬の間《ま》だけ、船頭は鼻歌をやめた。だが、その答えすらもまるで歌の一部だったかのように、

竹になりたや　糸竹《しちくだけ》竹
元は　尺八　中は笛
末はそもじの　筆の軸
思い　まいらせ　そろかしく
ええ　それそれ　そうじゃいな

船頭は歌い続けた。舟を、船着き場に寄せるまで。

舟を下りる際、重蔵は気になって顔を見ようとしたが、夜間でも笠を被っている上に、生憎《あいにく》月が翳っていた。顔を伏せた男の顔は、残念ながら、確認できなかった。

五

「近江屋の調べはついたか？」

開口一番、鳥居は問うてきた。

だが、機嫌はそれほど悪くない。書見台に向いた顔は青白いが、口の端が僅かに弛んでいた。明らかに、書物を読んでいて、その内容に夢中になっていた顔つきだ。

(蝮《まむし》は存外早起きだな)

心中密かに舌を巻きつつ、

「はい、概《おおむ》ねつきましてございます」

重蔵は、応えた。

「それで？」

「特にあやしいところは、なにも……女房は、若い妾に嫉妬して亭主を殺しただけのようですし……今更裁かれるほどの旧悪はないようです」

「そうか」

鳥居は静かに肯いた。

「だが、主人は死に、下手人はその女房だった。下手人の身内に店を続けさせるわけにはゆかぬ。近江屋は家財没収だ」

「お奉行様」

「なんだ？」

「その場合、近江屋の遺児たちはどうなりましょう？」

「知らぬ」

という素っ気ない鳥居の答えが、重蔵の肚《はら》を決めさせた。

「近江屋はそれでよい。下手人もあがっておる。だが、湊屋のほうはどうなっておる？」

「湊屋の主人は、おそらく女房の申すとおり、自害かと思われます」

「なに？」

鳥居は目を剝《む》いて重蔵を凝視した。重蔵の答えが予想外のものだったからにほかならない。

「これまで調べました限り、湊屋の主人は到底人に言えない悪事を為すような者とは思えませぬ」

だが重蔵は迷いのない口調で、きっぱりと言い切った。それにより、奉行が俄《にわか》に不機嫌になろうが、重蔵の知ったことではない。

「それではこれにて失礼いたします」

故に重蔵は、言うだけ言って辞去しようとした。

「戸部」

案の定、鳥居は鋭く重蔵を呼び止めた。

「はい」

「本気で申しておるのか？」

「は？」

「湊屋が自害であると、そのほう、本気で申しておるのか？」

「はい。湊屋は、まこと自害に相違ございませぬ」

「…………」

少しも怯まぬ重蔵の答えに、鳥居はしばし呆気にとられた。その一瞬の隙を狙いすまして、重蔵は素早く腰を上げる。

「失礼いたします」

言うが早いか、後ろ手に障子を開け、スルリと体を滑らせるようにして外へ出る。

そのまま、早足で廊下を立ち去った。いまは逃げるように立ち去っても、何《いず》れまた呼ばれて問い詰められるかもしれないが、そのときはそのときのことだ、と開き直って重蔵は逃げた。

いやな気配を察して、お高はふと足を止めた。

(尾行《つ》けられてる？)

尾行けるのが仕事のお高が逆に尾行されれば、勿論その気配にはいち早く気づく。しばし何事もなさそうに歩み続けた。

すると、ほどなく気配が消えた。

さては、お高に尾行を気づかれたと察知し、自ら消えたか。

(気のせい？)

無意識に嘆息し、次いで苦笑した。

蓋《けだ》し、気のせいだろう。お高を尾行する者があるとすれば、大方藤五郎一味の残党で、お高を裏切り者としてつけ狙っているのだ。そういう者は、抜き身の刃のようにわかり易い殺気を放っているものだが、そのときお高が感じた気配に、その種の殺気は感じられなかった。

ただ、息を殺してひっそりと近づいてきた。いつか、何処かで聞いたことのある足音にも似ている気がしたが、それとて気のせいかもしれない。このところ、調べなければならない案件が山積みで、流石《さすが》に疲れているのだ。

「本当に大丈夫なんですか？」

『ちどり』を去るとき、喜平次は最後までお高の身を案じていた。

「《花房》一味の残党が、また姐さんを狙ってくるんじゃありませんかね」

「大丈夫だよ。大丈夫だから、こんないい歳《とし》になるまで生きてるんじゃないか」

年下の男に心配されるのははじめてで、お高は柄にもなく照れていたかもしれない。

「でも、姐さん……」

「いいから、とっととおかえり。ここにはお前の仕事はないし、あたしに用心棒は必要ないんだよ」

そう言いながらも、内心では満更でもなく思った。男に本気で心配してもらうなど、何年ぶりのことだろう。藤五郎と死別して以来のことかもしれない。

(あんな強面《こわもて》でも、いい女がいるのは、ちゃんと理由があるんだねえ)

そんなことを思いながら、お高は少し早足になった。左手に疎《まば》らな雑木林が広がり、真っ昼間でもやや薄暗いが、この小道を通り抜ければすぐ深川だ。

お高は先を急ごうとして、だが無意識に足を弛めた。

後ろから追ってくるのではなく、誰かが彼女の行く手からやって来る。近道なので、知っている者なら誰でも利用する。別に不思議はないのだが、お高は我知らず緊張した。

ずざ、ずざ、ずざッ……

枯れ草と小石を踏みしめながら来るのは、黒縮緬《ちりめん》の羽織を着た武士である。近づく前から、なにか異様なものを感じていたが、彼が近づいてくるにつれ、お高の胸騒ぎは弥増《いやま》すばかりだ。

やがて、互いの顔が判別できるまでに、武士がお高に近づいたとき、お高は思わずその場に立ち尽くし、身を竦《すく》めていた。

（斬られる――）

その瞬間、お高は反射的に目を閉じた。最早逃れようがない、と覚悟した。その武士が相当な遣い手であることは、相手の目を見ればわかる。殺気をギラギラと滾《たぎ》らせてくる相手なら、さほど恐くはない。激しすぎる殺気は意外な隙を生じさせる因《もと》になる。

だが、表立って殺気を見せず、静かに近づいてくる者は心底恐ろしい。近づかれたときには逃れようがなく、気がつけば斬られているのだ。

（だとしても、親分とお殿様のところへ行くだけのことだよ）

咄嗟に己に言い聞かせ、お高は死の恐怖を逃れようとした。だが――。

ずざ、ずざ、ずざッ……

お高が覚悟した次の瞬間、武士の足音は意外にも彼女の側《そば》から遠ざかっている。

（なんだ……）

ホッと吐息をつき、チラッと顧みて武士の後ろ姿を確認してから、歩き出そうとしたときだった。

「《夜桜》のお高」

不意に背後から名を呼ばれ、お高は慄然とした。たったいま彼女の脇を通り過ぎていったあの不気味な武士の声にほかなるまい。

お高は振り返り、少しでも間合いから逃れようと小さく後退《あとじさ》った。あくまで小さく、ジリジリと、だ。全力で逃げようと試みれば、或いは無防備な背中をバッサリ斬られぬとも限らない。

「あやしいものではない」

お高が警戒していることを知り、武士は苦笑した。するとほんの少しだけ、人の好さそうな顔つきになった。もっとも、見ようによっては、無表情でいるときよりもずっと不気味にも見えてしまうが。少なくとも、悪の世界で育ち、数々の極悪人を目《ま》の当たりにしてきたお高の目には、それほどの悪人とは映らなかった。

だから少しく安堵して、武士の言葉を待った。

「南町奉行鳥居甲斐守の家中の者だ。お前に少々訊きたいことがある」

（え？）

お高は驚いて武士を見返した。

「安心しろ。お前が親しくしている戸部重蔵とも親しい」

「そ、そうですか」

絞り出すようにして、お高は漸《ようや》く声を発した。しかし、それ以上は言葉が続かなかった。奉行の家中の者ということは、同心でも与力でもない、鳥居家の家臣だ。同心や与力ならばまだわかるが、奉行所の御用とは無関係な筈の鳥居家の家臣が、一体お高に何の用があるというのだろう。

そんな不安と混乱の中で、お高には、武士の次の言葉を黙って待つよりほか、為す術《すべ》がなかった。

第五章　花の下にて

一

「もっと呑まれよ、戸部殿」

岸谷は執拗に酒を勧めてきた。

案の定、最も酒席をともにしたくない、極めてしつこい酔客だった。

「いや、充分いただいております」

その度《たび》重蔵はとぼけるが、

「いやいやいや、全く呑んでおられぬではないか。さては、それがしの酒が呑めぬと
もうされるか、如何《いかが》？」

とにかく、しつこい。

そして、日頃奉行所で顔を合わせるときとはまるで別人のように矢鱈《やたら》と明るい。

「戸部殿もそれがしも、同じく独り身、待つ者の一人もおらぬ同士ではないか。多少聞こし召したところで、文句を言う女房はおらんのだ。ふはははは……」

もしそれが芝居ではなく、彼の地なのだとしたら、かなり厄介な人物と言わねばならない。

「ところで、この店は岸谷殿の馴染みの店ですか？」

内心ヒヤヒヤしながら、重蔵はそれとなく話題を変える。

「馴染みというほどでもないが、まあ、ときどき……お気に召されぬか？」

「いや、肴《さかな》は美味《うま》いし、好い店です」

「さ、左様か」

手放しで称賛されて、岸谷は柄にもなく照れたようだ。重蔵に勧めていた酒を自ら手酌で立て続けに呷《あお》った。

実際、酒は口あたりのよい上酒だし、おまかせで出てきた昆布鱈《こんぶたら》も酢蛸《すだこ》もかなり美《お》味《い》しい。仄暗《ほのくら》い厨《くりや》の中で銚釐《ちろり》に酒を注いでいる五十がらみの店の親爺も、決して感じの悪い男ではなかった。

それなのに、いま店の中に、客は彼ら二人以外、誰もいない。

元々、四人がけの床几《しょうぎ》が二つあるきりの小さな店だが、それにしても浜町河岸《はまちょうがし》に面した賑やかな一帯でこの時刻、これほど空いているというのは些《いささ》か異様だ。料理がとびきり不味《まず》いとか、親爺が偏屈で感じが悪いとかいうなら話は別だが。

「本当に、好い店です。今後はそれがしも贔屓にしたいと思いますが、よろしいか？」

「おお、是非に。ご覧のとおり、殺風景な店で、いつ来てもこのとおり、客がおらぬ。是非贔屓にしてやってくだされ」

相好《そうごう》をくずした岸谷の顔はちょっと不気味だが、それが彼の一面でもあるのだろうと、重蔵は理解した。到底好きになれそうな相手ではないが、理解するくらいは、ともに、同じ男の下で働く者同士の礼儀であろう。

「ときに戸部殿――」

岸谷が、ふと口調を変えて重蔵を凝視した。

「近江屋殺しの件、お手柄でござったな」

「…………」

「さすがは《仏》の重蔵でござる」

「いや、あれはたまたま……」

「そんな貴殿が、何故湊屋のほうは放っておかれる？」

　重蔵の言葉を遮って問う面上からは、既に笑いは消えている。

「湊屋は、殺しではありませんから」

「本気で言っておられるのか？」

「女房は自害と申しておりましたが……まあ、四十九日も過ぎてしまいましたし、いまとなってはどうでもよいことです」

「戸部殿」

「いや、さすがは岸谷殿が勧めてくださるだけあって、美味い酒だ」

　重蔵は自ら酒を干し、空《から》の猪口《ちょこ》に注いでくれるよう、目顔で岸谷に促した。岸谷は無言で注いでくれるが、どう見ても、内心激しく舌打ちしている顔つきだ。

（やれやれ）

　重蔵も内心辟易《へきえき》しながら、

「ところで、岸谷殿は、お奉行様に仕えて、どれくらいになられる？」

　わざとらしく話題を変えた。慈愛に満ちた、《仏》の微笑を満面に滲ませながら。

「どれくらいと言われても……殿が鳥居家に入られてからなので、もうかれこれ、二十年くらいになり申すか……」

渋い顔をしながらも、仕方なく岸谷は答えた。親しくなるのが目的の酒席で、言い争いをするわけにはいかない。岸谷は岸谷で、努力しているのだ。

「ほう、二十年になられるか。それはそれは……では、お奉行様のことなら、なんでも、岸谷殿に伺えば間違いござらぬな」

「いや、決してそのようなことは……」

「今後とも、よろしくお願いいたします」

岸谷の手から徳利を奪い、彼の猪口に注ぎかけながら、口調を改めて重蔵は言った。ほどよく酒がまわっているおかげで、上機嫌を装うのはさほど難しいことではなかった。

「こ、こちらこそ」

その笑顔のあまりの自然さに、岸谷のほうが戸惑ったほどである。

「ともにお奉行様の御為《おんため》、務めに励みましょうぞ」

心にもない言葉をスラスラと口にしながら、もとより重蔵は全く別のことを考えていた。

「え？」

そのとき、お高はさすがに大きく目を見開いて驚き、それから呆れて、しばし口を噤《つぐ》んでいた。

「なあ、お高、いい考えだと思わねえか？」

と自信たっぷりに言う重蔵の得意気な顔を、まじまじと見つめた。

突然やって来て、話があるからちょっとつきあってくれと、近所の鰻屋《うなぎや》の二階に連れて行かれた。「ちどり」では、火盗改の同心や密偵がしばしば出入りするのでさすがにまずいと思ったのだろう。

その判断は正しいが、残念ながらこの鰻屋も、火盗改《かとうあらため》の同心たちがしばしば出入りする店だ。主人の伊助《いすけ》は、密偵ではないが、火盗改からの要請があれば全面的に協力する男で、当然前身は『訳あり』だった。

(気がまわるようでいて、存外抜けてるんだよ、この人は)

お高が内心忍び笑っていると、

「伊勢屋周五郎《いせやしゆうごろう》」

不意に重蔵が、江戸でも有数の札差の主人の名を口にした。先年株仲間が解散になったといっても、札差の威勢に変わりはない。相変わらず、武士たちは彼らに借金をして日々の糊口《ここう》をしのいでいる。

「加賀屋新兵衛《かがやしんべえ》」

次いで、これまた名の知れた大店の主人の名を、重蔵は口にした。

「吉田屋金右衛門《よしだやきんえもん》、難波屋宇吉《なにわやうきち》、多摩屋貞次郎《たまやさだじろう》……俺が調べた限りでも、ざっとこれだけいる」

「なにがです？」

「この十年くらいのあいだに、一代で店をおこし、財を築いた商人だよ」

「それが、なにか？」

「とぼけるなよ、お高。お前さんはとっくに承知済みだろう。裸一貫から身を起こして、と言えば聞こえはいいが、なにをやらかして稼いだ金かは定かじゃねえ」

「伊勢屋さんは、もう何代も続いてる、老舗《しにせ》の札差じゃありませんか」

「ああ、確かに伊勢屋自体は老舗かもしれんが、周五郎は元々伊勢屋の手代あがりで、暖簾《のれん》分けで札差株を譲られるときに、屋号も貰ったんだ。いや、買い取った、と言ったほうがいいかな」

「…………」

「だが周五郎が伊勢屋に奉公するようになったのは、かなりいい年になってからで、それ以前の生い立ちは全く知られてねえ。加賀屋、吉田屋……他の奴らも皆似たり寄ったりだ」

「だから、それが何なんです？」

「どんな悪さをして大金をせしめたか、わかったもんじゃねえ。或いは、人殺しの盗っ人かもしれねえってことだよ。……なあ、こういう奴らが、《闇の裁き人》に昔の罪を曝かれて、命を狙われることになるんじゃねえのかい？」

呆気にとられたお高が答えぬのをいいことに、

「こいつらを餌《えさ》にして、《闇の裁き人》をおびき出せねえもんかな？」

畳み掛けるように重蔵は問うてきた。

しばし呆れ顔で重蔵を見返してから、

「よいお考えかどうかは別として、前にも申し上げましたとおり、《闇の裁き人》を捕らえるのは、私の、いいえ、火盗の役目じゃないんですよ、戸部様」

冷ややかな口調でお高は言った。

「…………」

折しも、店の小女が、茶を運んできたので、重蔵も一旦口を噤む。注文した鰻が焼き上がるまで、あと半刻はかかる。鰻屋を選んだのは、決して、お高の店から近い、という理由だけではない。

「なあ、お高」

小女が部屋を出て行くのを待って、重蔵は再び口を開いた。

「おめえに、協力してくれとは言わねえ。おめえは火盗の密偵だ。俺が都合よく使うわけにはいかねえ。それはわかってる」

言って、ひと口茶を啜る。

「わかっちゃいるが、せめて、教えてくれねえか？」

「なにをです？」

「いま俺が言ったお店の主人たちの中に、《闇の裁き人》が狙いそうな過去のある奴はいるかどうか」

「旦那」

お高は苦笑した。

「どうしても、《闇の裁き人》をお縄にするおつもりですか？」

「ああ、できれば」

「どうしてです？《闇の裁き人》は、過去の罪を曝いて、奉行所の代わりに罪人を裁いてるんじゃありませんか。裁かれるべき罪人をお縄にできなかった奉行所の代わりに——」

「違うな」

「え？」

「《闇の裁き人》とは片腹痛い。奴らがおこなっているのは、『裁き』の名を借りた、ただの人殺しだ」

重蔵の語調の強さと、《仏》とも思えぬ鋭い眼光に、お高は少しくたじろいだ。懐《ふところ》の急所を、グサリと鋭く刃で貫くようなその目に、容易《たやす》く狼狽《うろた》えた。何故なら、そういう男の目を、彼女はかつてよく知っていたからだ。

「どうしても、教えちゃくれねえかい？」

「…………」

「お高」

「旦那は、本当に《蝮》を信用なさってるんですか？」

「なに？」

「ああ、失礼。妖怪、とお呼びしたほうが、よろしいでしょうかね」

「おい、お高――」

「矢部様に対するのと同じくらいのお気持ちで、あの腹黒い男のことを信じてるのかと訊いてるんですよ」

容赦のないお高の言葉に、重蔵はさすがに言葉を失う。

矢部と男女の関係ではなかったと断言したお高だが、矢張り、矢部のことを心底慕っていたのだろう。矢部を陥《おとしい》れた鳥居のことを、決して快く思ってはいない。

だが重蔵は、

「お奉行は、関係ねえよ」

お高の問いには答えず、無愛想に言い放った。鳥居という男のことを笑顔で語れるほどには、重蔵もまた、その男を快くは思っていない証拠であった。

「俺は別に、お奉行の指図で動いてるわけじゃねえ」

「でも、旦那は南町の与力様じゃありませんか」

「俺が南町の与力で、蝮の部下だから協力できねえのか？」

「…………」

お高が気まずげに押し黙っていると、

「まあ、そりゃあそうだよな」

至極あっさり、重蔵は言った。

「妙なことを言い出しちまって、悪かったな」

お高が内心拍子抜けするほどに、重蔵はあっさり己の申し出を引っ込めた。

「旦那？」

その淡泊さに、お高は戸惑った。

「いや、すまねえ、お高。おめえの立場も考えずに、くだらねえことを頼んじまった。こいつはいくらなんでも、俺が悪い」

一方的に用件を切り出し、一方的に引っ込める。その性急さと強引さに、正直お高は呆れていた。

だが呆れる一方で、なにやらそれを懐かしくも思う。不可解で不愉快で、そのくせ勝手に自己完結する。男とはこの上なく厄介な生き物だが、それを承知で、女は男に惹《ひ》かれてしまう。かつて、お高もそんな理不尽な感情に悩まされたことがある。その頃の自分を、お高は懐かしく思い出していた。

「岸谷」

いつものように部屋の中から、鳥居が声をかけた。

「岸谷はそこにおるか？」

「はい、おります」

もとより岸谷は、そこにいる。廊下に片膝をつき、畏《かしこ》まった姿勢のままで控えていた。

「出かける故、乗物の仕度をさせい」

「はい、ただいま」

岸谷刑部は直ちに立って主君の命《めい》を果たしに行く。間違っても、

「どちらへお出かけでございますか？」

などと問い返したりはしない。

番犬は、ただ主人の行くところへ同行し、主人の身を害そうとする者から主人を守ればいい。

それ故鳥居は、乗物を担う四人の陸尺《ろくしやく》たちには行き先を告げたが、岸谷にはなにも言わぬまま駕籠《かご》に乗り込んだ。

(ご老中のお屋敷へ行かれるのかな)

乗物が向かう方角と道順から、岸谷はぼんやりそれを察する。察して、乗物の脇をその速度にあわせて歩いた。

「岸谷」

「はい」

乗物の中からの呼びかけに、低くともしっかりした声音で岸谷は応える。

「その後戸部とはどうなっておる？」

「先日、酒を酌み交わしましてございます」

「ほう、酒をのう」

「楽しく過ごせたものと存じまする」

「そうか」

乗物の中の鳥居の声は低くくぐもっていても、どこか楽しげであった。

（いい気なものだ）

思わず喉元にこみ上げる不満を間際《まぎわ》で呑み込みつつ、岸谷はしばし思案した。

「御前《ごぜん》」

そして思いきって、自ら乗物の中の主人に話しかけた。

「なんだ？」

「戸部は、御前の意に逆らうつもりかと思われまする」

「なんのことだ？」

「《闇の裁き人》のことでございます」

「《闇の裁き人》がどうした？」

「湊屋は自害だと言い張り、その死の真相を追及しようとはせぬくせに、近頃では、過去に罪を犯していそうな者たちのことをあれこれと調べあげ、コソコソ嗅ぎまわっております」

「………」

「戸部は、或いは、《闇の裁き人》を本気で捕らえるつもりなのではありますまいか」

「だから？」

思案の末に意を決し、やや意気込んで岸谷は言ったつもりなのに、鳥居の反応は意外に薄い。岸谷にとっては甚《はなは》だ心外であった。

「戸部めは、御前のご意向に背《そむ》こうとしておるのですぞ」

「かまわんではないか」

だが、いくら岸谷が口を極めて言い募っても、鳥居からは望む反応が一向に得られない。

「なれど、御前――」

「よいのだ、岸谷」

岸谷の言葉を、強い語調で鳥居は遮った。

「戸部のようなくそ真面目な男には、所詮《闇の裁き人》の本当の値打ちなどわからぬ。はじめから、それはわかっていた」

「………」

「だが、《闇の裁き人》は、戸部ごときが、おいそれとお縄にできるものではない。そうではないか、岸谷？」

格子の小窓を僅かに開けて駕籠脇にピタリと張り付いている岸谷を見据えた鳥居の目の鋭さに内心脅えつつ、

「御意」

岸谷は思わず目を伏せた。鳥居の言葉には承服しかねるが、岸谷にとっては唯一無二の主君である。

「では、戸部のことは――」

「ほうっておけ」

「………」

「ああいう者は、無理矢理押さえつけても、うまくゆかぬ。徒《いたずら》に反撥するばかりじゃ」

僅かに窓を開けたままで鳥居は言い、

「そんなことより、そなたは、早く戸部と仲良うなれ」

言うなりピシャリと、格子窓を閉めた。

「はい」

慌てて応えたときには、乗物は、既に岸谷の数歩先を進んでいる。話に夢中になり、岸谷はうっかりそこで足を止めていたのだ。

(まずい……)

乗物が、見る間に遠く去るのを見て、岸谷は慌てて乗物のあとを追った。

二

「お高さん、いつもすみませんねぇ」

上総屋《かずさや》の女将・お冨士《ふじ》は、お高をひと目見るなり、あからさまに顔を顰《ひそ》め、不快を露わにした。

舟遊びといえば優雅に聞こえるが、結局は奇麗どころを揃えてのお座敷遊びとなんら変わらない。少なくとも、亭主をそこへ送り出す身の女房たちは皆、そのように考えているから、舟宿の女将の来訪など、決して喜ばない。

「いえいえ、上総屋さんには、いつもご贔屓にしていただきまして——」

だからお高は、厚顔無恥《こうがんむち》と誇《そし》られようが、とにかく慇懃《いんぎん》に頭を下げておく。

女房たちの当たりが厳しいのは、お高自身が発散する多大な色気と、衰え知らずの美貌のせいもあるということを、無論お高は承知している。

「そういえば、お嬢さん……お夏《なつ》さん、この秋にはお輿《こし》入れが決まったそうですね。おめでとうございます」

だから巧みに話題を変える。

「お相手は、相模《さがみ》屋《や》さんの若旦那だそうですね」

「あらまあ、一体どこでお聞きになったんでしょうね。まだまだ先の話だっていうのに」

お富士は忽ち相好をくずした。

娘の縁談を歓ばぬ親はいない。ましてや一人娘の縁談である。本来ならば、婿《むこ》を取ってお店《たな》を継がせるべきところ、格上の相模屋からたってと望まれ、産まれた子供の一人は必ず上総屋の養子にするという条件で、娘の嫁入りを決めたのである。そんな内々の事情までは知られていまい、とお富士はタカをくくっていようが、もとよりお高はすべて知っている。

「お嬢さんに使っていただけると嬉しいんですが――」

お高が、紫の袱紗に包んだものを恭しく女将の前に置くと、

「まあ——」

その鼈甲《べっこう》細工の豪華な笄《こうがい》を一瞥するなり、お冨士は忽ち顔色を変えた。さすがは小間物屋の女将である。高価な品は、ひと目見ればわかる。

「今後ともご贔屓に、お願いいたします」

お冨士がなにか言いかけるのを遮るように言って、お高は素早く腰を上げた。相手が目を見張るほど高価な品を贈ったあとは、長居せず、さっさと立ち去るに限る。

「あ、お高さん——」

お冨士が慌てて呼び止めようとするのを聞こえぬふりで部屋外に出ようとしたとき、お高がいるのもかまわず、

「ねえ、おっかさん」

勢いよく飛び込んできた娘の背に、お高は一瞬目をとめた。菱《ひし》を織りだした鮮やかな赤い紗綾《さや》の着物に豪華な西陣の帯。そのまま外へ出れば蓋《けだ》し目明かしや町方に見咎められそうな姿でいるのはこの店の一人娘・お夏に違いあるまい。

すれ違う瞬間チラッと盗み見た限りでも、母親にはあまり似ぬその華やかな美貌は充分に窺い知れた。近所でも評判の美しさ故に、格上の大店から、たってと望まれて嫁入りするのだろう。

「三輪屋《みわや》のお美津《みつ》ちゃんと、深川の縁日に行ってもいいでしょう？」

「なんですね、嫁入り前の娘がはしたない」

「ねぇ、いいでしょ、おっかさん、どうせもうすぐお嫁入りなんだから」

「しょうがないねぇ。いつまでも子供みたいに……外へ出るのに、そんな贅沢な着物のままじゃ駄目だよ」

娘の甘え声とそれを優しく窘《たしな》める母親の声音を耳に心地よく聞き流しながら、お高はゆっくりと表に向かって歩き出した。磨き抜かれた上総屋の廊下を足早に去ろうとすると、滑って足を取られそうだった。

（掃除が行き届いてるのは、奉公人の質がいいのか、それとも女将さんが人一倍口うるさいからなのか——）

思いつつ勝手口から外へ出て、お高は次の得意先へと向かう。

（それにしても……）

通りへ足を踏み出しながら、ふと顧みた視界の中に、見覚えのある男がいる。

お高が振り向けば顔を伏せ、至極自然に移動するが、お高の目にはそれが誰なのか、一目瞭然だ。

（一体いつまで、張り付いてるつもりなんだろ。見かけによらず、律儀な男だねぇ）

心中舌を出しつつも、だがお高は、それを密かに歓んでいる。男につけまわされることが嬉しく思われるのは、歳をとった証拠であろう。

「なにかわかったか?」

という重蔵の問いに対して、しばし答えを呑み込んでから、

「いいえ」

結局喜平次は、小さく首を振った。

「わかるわけがねえでしょう」

という、とりつく島もない言葉はさすがに口にできなかった。

「しょうがねえなぁ」

重蔵は激しく舌打ちする。

「申しわけありませんが、おいらには無理ですよ」

たまらず喜平次は、一旦呑み込んだ言葉を一気に吐き出した。

「そんな、《闇の裁き人》なんて、雲を摑むような話、どうしろって言うんですよ。しがねえこそ泥あがりのおいらに、調べられるわけがねえでしょう。それこそ、火盗の密偵にでもやらせたらいいんですよ」

「俺が、火盗の密偵を動かすわけにはいかねえだろ」

「それこそ、与五郎にでもやらせりゃいいじゃねえですか」

「あいつには無理だ」

「おいらにだって、無理ですよ」

「…………」

重蔵は黙り込み、言い過ぎたと反省した喜平次も同様に押し黙った。

狭く薄暗い部屋の中に流れる沈黙は、夜の闇の如く底無しに重苦しい。

「こんなこと言っちゃなんですが、《闇の裁き人》てのは、案外お武家なんじゃねえんですかね？」

その重苦しさをなんとかしようと、苦し紛《まぎ》れに喜平次は口走った。

「なに？」

羽織の紐を無意識に玩《もてあそ》んでいた重蔵はつと顔をあげて喜平次を見返す。

「何故そう思う？」

「いえ、特に理由はねえんですが……」

喜平次は一旦気弱げに口ごもるが、早くこの話題に決着をつけたい一心で、己を奮い立たせて言う。

「これだけ調べても、何一つ、わからねえもんで、こっちの世界とは無関係なんじゃねえかなぁ、と思いましてね」

「ふうむ……」

重蔵はしばし考え込み、喜平次は無意識の吐息をついた。

二人がほぼ同時に顧みると、部屋の主である青次は、客たちのために淹れた茶を、出そうかどうしようか逡巡しているところだ。

「悪かったな、青次」

「近くへ来たから、どうしてるかと思って顔見に来たんだが、まさか喜平次がいるとは思わなかった。仲がいいんだな、おめえら」

口々に言う二人の来客の顔を交互に見つめてから、

「喜平次兄貴は、お京さんと喧嘩すると、ここへ転がり込んでくるんですよ」

肩を竦《すく》めて青次は言った。

「お京と喧嘩したのか？」

「してませんよ。……青次、てめえ、余計なこと言うんじゃねえ」

喜平次は恐い顔をして窘《たしな》めるが、青次は最早殆ど彼を恐れてはいない。それが甚だ忌々しいが、喜平次は激しく舌打ちしただけで、それ以上青次にはかまわず、

「そんなことより旦那――」

再び重蔵に向き直った。

「お高姐御《あねご》のこと、気になりませんか？」

顔つきの真剣さが、最前までとは別人のようだ。

「お高のなにが？」

「お高姐さんが火盗の密偵になって、もう十年以上にもなるんでしょう。なのに、未だに、一味の裏切り者だって、お高さんをつけ狙う奴がいるんですよ。いくらなんでも、しつこすぎませんか？」

「《花房》一味は、関東一円に根を張り、手下の数は百人以上と言われた大盗賊団だ。しつこいのも無理はねえだろ」

「それにしても、ですよ。十年も経ちゃあ、遠島の罪人だって、ご赦免《しゃめん》になりますよ。誰でも、新しい暮らしをはじめるもんでしょう。それを、いつまでも執念深く狙ってくるってのは、なにかあるんですよ」

「なにかって、なんだ？」

「だから、なにか狙う理由があるんじゃないか、ってことですよ」

「喜平次」

喜平次の語気に些か気圧されながらも、

「おめえ、まさか、お高に惚れたんじゃねえだろうな？」

軽い口調で重蔵が問うと、

「冗談じゃねえよッ」

喜平次は瞬時に激昂した。

「こっちは真面目に話してるんですよッ」

「おい、喜平次――」

「茶化《ちゃか》すんだったら、もうこの話はしまいですよ」

吐き捨てるように叩きつけて腰を上げると、
ピシャッ、
と、叩きつける勢いで腰高障子を開け閉《た》てして、喜平次は青次の部屋から出て行った。呆気にとられてそれを見送ってから、

「あ、兄貴」

「おい、喜平次――」

青次と重蔵は口々に呼び止めるが、既に障子は閉められたあとである。

「旦那」

しばし後、青次が重蔵を覗き込んで問うた。

「おいらに、なにかお手伝いできることはありますかね？」

かなり覚悟を決めて問うたのに、

「ねえな」

にべもなく、重蔵は答えた。


（喜平次の奴は、なんだって、ああむきになりやがるんだろう）

お高のことはともかく、お高を気にする喜平次のことが、重蔵には気がかりだった。

気になって翌日「ちどり」へ行ってみると、案の定、喜平次が、向かいの鰻屋の二階から、目を皿のようにして見張っている。

（おいおい、俺の用事よりも、お高のほうが大事だってのか？）

呆れたり憤ったりしながら、重蔵は、そろそろ顔馴染みになってきた店の小女を目顔で制して二階へあがる。

襖を勢いよく開けざま、

「なにやってんだ」

苦笑まじりに重蔵が問うと、

「近頃このあたりを、見かけねえ野郎どもがうろついてんですよ。ありゃあ絶対、お高姐さんを狙ってるんですよ」

窓辺から下へ視線を落としたまま、悪びれもせずに喜平次は答えた。

「おめえ毎日、ここから『ちどり』を張ってるのか？」

「毎日ってわけじゃねえですけどね。旦那の御用もあるんで——」

重蔵のほうを見向きもしない喜平次に、さすがに重蔵は苦笑する。

「だったら、ずっと『ちどり』にいればよかったじゃねえか。『ちどり』で働くのを、あんなにいやがってたくせに」

「そりゃ、あの舟宿で働くのはいやですよ。どうせおいらの居場所なんか、どこにもねえんだから……」

「だが、お高のことは気になるんだろう？」

問いつつ重蔵は内心嘆息する。

人の気持ちは、複雑だ。複雑すぎる。この歳になっても、さっぱりわからぬことばかりだ。

「どうして、お高のことがそんなに気になる？」

「惚れたからじゃねえですよ」

喜平次は即答した。

「じゃあ、なんでだ？」

「同じだからですよ」

少しく考えてから、喜平次はふと重蔵を顧みた。

「同じ？」

「同じさだめを負ってるからですよ」

「同じさだめ？」

鸚鵡返《おうむがえ》しに重蔵は問うた。

その目を真っ直ぐ見返しつつ、

「姐御もおいらも、同じ裏切り者だってことですよ」

喜平次は意外なことを言う。

「裏切り者？」

「罪を犯して、それを許される代わりに昔の仲間を売ってるんです。立派な裏切り者ですよ」

「別に、仲間を売ってるわけじゃねえだろう」

「いや、仲間なんですよ。少なくとも、向こうはそう思ってます」

「向こう？」

「昔の、同業者ですよ。奴らにとっちゃ、いつまでたっても、おいらたちは裏切り者なんです。いつまでたってもね」

喜平次の言いたいことは概《おおむ》ねわかったが、重蔵にはどうにもできない。

「後悔してんのか、密偵になったことを？」

「まさか」

軽く鼻先で喜平次は笑った。

「後悔なんか、しちゃいませんよ。それは多分、お高姐《ねえ》さんも同じです。俺たちは、いつ死んだっていいと思ってるんですよ」

一旦言葉を止め、

「だからこそ、死んでほしくないんですよ」

喜平次はきっぱりと言い切った。

それからしばし、舟宿の出入り口を見張っていたが、つと立ち上がると、

「おい、喜平次？」

呼び止める重蔵を一顧だにせず——もとより、返事すらせずに、店を出て行った。

どうやら、出かけるお高のあとを尾行《つ》けるつもりのようだった。

（惚れたわけじゃねえと言っても、それじゃあ、誰も信じねえよ）

内心甚だ呆れつつ、重蔵は喜平次が残して行った酒を飲み干した。

三

いやな奴らの姿を、屡々《しばしば》見かけるようになったのは、いつ頃からだろう。年が明けた頃からか、或いはそれより前か。はっきりとは覚えていないが、無論お高は、とうの昔に気づいていた。

（とうとうおいでなすったかね）

気づいたからといって、お高には特に為すべきこともない。

とっくに覚悟はできているのだ。

できているその筈だったが、この世に些《いささ》かの未練もないかといえば、どうやらそうでもないらしい。

（いざとなると、情けないもんさ）

お高は自らの未練がましさを、自ら嗤《わら》っている。

重蔵のもとへ帰した筈の喜平次がいまなお密かに自分を見張っていることにも、勿論お高は気づいていた。

（余計なことを……）

気づいていたが、格別気にしてはいない。

気にしたところで、どうせ何もできまい。奴らが本気になれば、お高とて、最早逃れる術《すべ》はないのだ。

（あたしも《夜桜》のお高だ。ただじゃあ、死なないよ）

思いつつ、お高はふと悪戯《いたずら》心をおこす。

つと足を止め、その場に蹲《うずくま》る。

「姐さん！」

すると案の定、喜平次は駆け寄ってきた。

「大丈夫ですか？」

蹲ったお高が両手で顔を覆って笑いを堪えているのを、苦痛に耐えているものと勘違いしたのだろう。

「姐さんッ、どうしたんです！」

お高の肩に手を掛け、抱き起こそうとする。

「どうもしやしないよ」

笑いを堪えて、お高は喜平次を振り仰いだ。

「え？」

「お前こそ、こんなところでなにやってるのさ？」

「…………」

「戸部の旦那のお指図かい？」

「い、いえ、その……」

喜平次は容易く口ごもる。

「まあ、いいや。そんなに暇なら、ついて来な」

「え？」

喜平次の肩に凭《もた》れながら素早く身を起こしたお高は、言うなり足早に歩き出す。喜平次は慌ててあとを追う。

「お前、《花房》の親分の下で働いたことはないんだろう？」

「ええ」

背中から問われて、仕方なく喜平次は応じる。

「《旋毛》の喜平次は、大きな一味には属さない一匹狼だったたね」

「でも、雇われて手伝うことはありましたよ。……藤五郎親分は、おいらの頃には伝説のお人でしたが」

「お前、どうして密偵なんかになったんだい？」

「どうしてって……」

「戸部の旦那に脅されたのかい？」

「まさか」

「だったらどうして、旦那の密偵なんだよ？　密偵になるなら、火盗の密偵になるのが普通だろう？」

「それは……」

「で、なんだってお前は、毎日あたしに張り付いてるのさ？」

答えにくいことばかり立て続けに問うたあとで、お高は不意に話題を戻す。喜平次は答えられない。

「あたしに張り付いてたって、『闇の裁き人』には辿り着けやしないよ」

話しつつ進むお高の足どりはどこまでも軽やかで迷いがなかった。

常に命を狙われているという状況にあって、何故こうも堂々としていられるのか。

(男だって、なかなかこうはいかねえぜ)

喜平次は内心舌を巻きつつ、ピタリとお高のあとについて歩いた。

つと、お高は歩みを止めた。

トットットットッ……

道の先から足音が聞こえ、徐々に近づいてくる。それだけならば、別に珍しくはない。道を歩いていて、反対側から来る誰かとすれ違う。ただそれだけのことだ。

だが、お高はそのとき、反射的に歩みを止めた。

視界の先に姿を現したのが、満面を不精髭《ぶしようひげ》に覆われ、襤褸《ぼろ》を纏《まと》った男だったのだ。

そんな得体の知れない男が、息も荒く小走りに近づいてきたら、警戒するのは当然だ。

だが、男がお高のすぐ目の前まで迫るのを待たず、背後にいた喜平次が素早く進み出て、お高をその背に庇っている。

「…………」

男は足どりを変えずに向かってくる。

ほんの数歩にまで近づいたところで喜平次は自ら踏み出し、その男の行く手を塞《ふさ》いだ。驚いた男が何か言いかけるのを待たず、その手を摑んで逆手にとる。

「痛《いて》ッ」

そのまま力をこめようとするのを、

「喜平次、おやめ」

お高が止めた。

「手荒なことをするんじゃないよ」

「え？」

短く驚いたのは、その男のほうが先だった。

「姐さん？」

男の腕を摑んだままで、喜平次はお高を小さく顧みる。

「よく見てごらん。お前の知ってる男だよ」

「え？」

「兄貴、俺だよ」

と訴える声音に聞き覚えがあり、よく見れば、顔にも見覚えがある。不精髭に似合うよう、相応に汚してあるため、気づくのが些か遅れた。

「お、おめえ……」

「痛ぇよ、兄貴」

「あ、ああ」

喜平次は捕らえたその男——与五郎の腕から漸く手を放した。

「おめえ、なんでそんな形《なり》をしてるんだ？」

「無宿人たちの中にもぐり込ませてるんだよ。与五はまだ、誰にも面が割れてないからね」

　答えたのはお高である。

「え？」

「火盗の密偵になるような奴は、いっぱしの悪党のあいだじゃ大概顔も名前も知られてて、なかなか潜り込めないんだよ。その点与五は知られてないから。……まさか、あの《霞小僧《かすみこぞう》》が、四人兄弟だったなんて、夢にも思わないよねぇ」

　お高の言葉をぼんやり聞き流しながら、喜平次は、今更ながら、与五郎が火盗改の密偵であることを思い出した。

　与五郎は、お高に何事か耳打ちすると、喜平次にチラッと目顔で挨拶をし、何処かへ走り去った。

　役目の途中で、急遽報告すべき事態が出来《しゅったい》したため、慌ててお高のところへ走ってきたのだろう。喜平次がお高のそばにいたのは、与五郎にとって全く予想外のことだったろうが、そこで喜平次にあれこれ話しかけたりせず、さっさと役目に戻っていった。密偵の立場と役目が、すっかり身についたが故のことかもしれないが、

（しっかりやってるんだな）

安堵する一方で、喜平次は些か淋しく思った。少し前まで、「兄貴、兄貴」と慕ってきた可愛い弟分が自立し、自分から離れて行くのは致し方のないことだ。

（なにがあった？）

別人のような与五郎の姿に啞然としながらも、喜平次はそのとき、与五郎の言葉でお高が一瞬顔色を変えたことを見逃さなかった。

「なにがあったんです？」

喜平次は、与五郎のあとを追って彼を問い詰めたい衝動を堪え、敢えてお高に問うた。

何事もなかったかのように再び歩き出したお高が、

「別に、なんでもないよ」

と答えることは充分予想できた。予想どおりの言葉を口にしたあとで、

「上総屋のお嬢さんが、拐《かどわ》かされたんだってさ」

だがお高は、喜平次が予想もしなかったことを易々と口にした。

「え？」

「暢気《のんき》にお得意先まわりしてる場合じゃないから、あたしはとりあえず、『ちどり』

に戻るよ。お前はどうする？」

「お、おいらになにかできることはありませんか？」

「さあ……あたしはお前を自由に使える立場じゃないからね。戸部の旦那にお伺いするんだね」

振り向きもせずにお高は言い捨て、足を速めた。

「姐さん」

その背をどこまでも追って行くべきか、いますぐ重蔵の許へ向かうべきか、喜平次はしばし逡巡した。逡巡するあいだにも、鮮やかな鰹縞《かつおじま》の背中は遠ざかってゆく。

喜平次は何故かそれ以上お高を追う気になれず、ぼんやりそれを見送っていた。

四

「この中だ」

促されると、全く躊躇せずに、お高は土蔵の中に入った。

中は、墨を流したように暗い。

おまけに、湿った黴《かび》の臭いが濃厚に漂っている。袖で口許を押さえつつ、闇を見据える。夜目のきくお高には、そのとき暗がりの中に赤い紗綾の着物が見えた。その着物がピクとも身動きしないのは、着物を纏う者が眠っているか気を失っているためだ。

「本当に拐かしたのかい」

軽く舌打ちしてから、お高は踵を返して土蔵から出た。お高が出ると同時に網戸が閉められ、錠前がかけられる。見た目はごつい南京錠だが、腕のいい鍵師なら開けられぬことはないだろう。

（一刻……いや、半刻もときを稼げばなんとかなる――）

計算しながら、お高は足早に土蔵から離れた。

土蔵のそばに、見張りはいない。鍵をかけたことで安心しているのだろう。お高にとっては尚更好都合だ。

（さて……）

わざとゆっくりと歩を進め、少し躊躇《ためら》ってから、母屋《おもや》の土間へ足を踏み入れた。

借金苦で主人一家が欠落《かけおち》（出奔）し、その後買い手のつかない無人のお店なので、母屋といっても、中は荒れ放題である。よくもまあ、こんなにお誂《あつら》えの場所を見つけてくれた、とお高は内心舌を巻いている。

「あたしを誘《おび》き出すのが目的なら、なにも本当に娘を拐かすことはなかったじゃないか。ご苦労なことだね」

「うまくすれば、身代金が手に入るかもしれねえからな。金は、いくらあっても、邪魔にはならねえんだよ」

お高の言葉に、相手は至極普通に反応した。吐き気がするほどいやな声音だが、お高は平静を装った。

「浅ましいねぇ。お前らしいよ、《伊深《いぶか》》の半助《はんすけ》」

鼻先で嗤《わら》いながら、お高は己のまわりをさり気なく見廻す。

ざっと、二、三十人ほどの破落戸が、広い座敷に屯《たむろ》している。お高の知った顔もあり、まるきり見覚えのない者もいた。皆、その日の塒《ねぐら》と目先の金欲しさに、形振《なりふ》り構わず仕事をする獣《けもの》のような連中だ。

「浅ましいとはよくぞぬかしたなぁ、お高」

半助が、不意に声を張りあげた。五十がらみの貧相な小男だが、激昂すればそれなりの迫力はある。

「こちとら、おめえみてえに恵まれちゃいねえんだよ」

「…………」

「藤五郎親分は、お縄になるとき、おめえを助けたい一心で、一味がやった盗みのすべてが書かれた盗っ人帳を火盗に差し出したそうじゃねえか。よかったなぁ、色狂いの年寄りのおかげで生き延びてよう。いまじゃ、立派な舟宿の女将かぁ」

「それがどうしたい。お前だって、そうやってこそこそ逃げ延びているじゃないか」

「ったく、口の減らねえ女だな」

半助は激しく舌打ちするが、すぐまた下卑《げび》た笑いを唇辺《くちべ》に滲ませつつ、

「まあ、いいや。……盗っ人帳は火盗の手に渡ったが、それ以外は、おめえがすべていただいたんだろう？」

「………」

「親分が遺したお宝は何処だ？」

「お宝？」

「とぼけなさんな。《花房》の藤五郎ほどの大親分が一代かけて稼いだお宝だ。そう簡単に使い切るとは思えねえ」

「親分は、一度の盗みで得た物は、みんなに平等に分け与えてたんだ。自分の手元になんか、なにも残しちゃいない。お宝なんて、何処にもないよ」

「そんなこと、信じると思うかよ」

半助の面上に滲む笑いはいよいよ卑しさを増してゆく。

半助とは適度な間合いをとって対峙《たいじ》しながら、お高はさり気なく己の袂《たもと》をまさぐり、匕首の柄をしっかりと握り直した。

「まあ、いいさ。すぐに思い出すと思うぜ。おめえが思い出さねえと、嫁入り前の娘さんの体に聞くことになるんだからな」

（半助ッ）

その瞬間、お高の頭にカッと血がのぼるが、さあらぬていで平静を装う。

「その娘さんを無事に家に帰したら、思い出してもいい、と言ったら？」

「いいぜ。但し、身代金をいただいたら、な」

「馬鹿だねぇ」

お高は鼻先でせせら笑う。

「上総屋が、どうして一人娘の嫁入りを決めたと思う？」

「…………」

「商売がうまくいってないからに決まってるだろ。格上の相模屋に娘をくれてやって、援助してもらおうって魂胆さ」

「だ、だったら、身代金も、その相模屋に出してもらえばいいんだ」

「だから馬鹿だってのさ。娘が拐かされたなんてことが知れたら、縁談自体が破談になりかねないよ。誰が、拐かされて傷物にされたかもしれない娘なんて貰いたいと思うもんかね」

「し、知るかよ、そんなこと。……一人娘の命が惜しけりゃあ、なんとしてでも金を作るだろうぜ」

「そんなはした金せしめて、どうするのさ。親分のお宝が欲しいんだろ？」

「………」

　お高を見つめ返す半助の面上からは、いつしか笑いが消えている。お高の言葉を、自分の中で真剣に咀嚼《そしゃく》しているのだろう。

（もうひと息だ——）

　内心の焦りを決して表に出さぬよう細心の注意を払いながら、お高は懸命に思案した。思案しつつ、言葉を継ぐ。

「どうするんだい？　そんなにゆっくりしてる時間はないよ」

「え？」

「あたしがいまなにをしてるのか、忘れたわけじゃないんだろ？」

　余裕たっぷりの口調でお高は言い、半助の顔色を窺う。

「ぐずぐずしてると、火盗の旦那がたがここへ乗り込んでくるよ」

「そ、そんときゃあ、おめえと上総屋の娘を質《しち》にとって逃げるさ」

「上総屋の娘はともかく、あたしの命なんざ、なんの質にもならないよ」

「…………」

「上総屋の娘だって、どうだかね」

半助の面上には、恐怖が漲《みなぎ》りはじめている。

「火盗の恐ろしさを知らないわけじゃないだろう？　奴らは悪党をお縄にするためなら、若い娘の命くらい、平気で捨て石にするよ」

「おいおい、お高、そいつは随分とご挨拶じゃねえか」

不意に、二人の会話に割って入る者がある。

「それじゃあおめえ、火盗はまるで、血も涙もねえ鬼みてえな奴らってことになるぜ」

口調こそは優しげながら、聞き覚えのある男の声音には、ゾッとするような凄味があった。

「誰だ？」

半助は声のしたほうを振り向いた。

入口に配置していた二人の手下が声もなく土間に転がり、仕立てのよい羽織袴を着けた壮年の武士が一人、そこにいた。面上には、菩薩の如《ごと》き微笑を浮かべている。二人の手下を転がした張本人であることは間違いない。

「誰だ、てめえはッ」

自らを奮い立たせるように、半助は声を張りあげた。

「《仏》の重蔵」

本人が名乗るより早く、冷ややかな声音でお高が言った。

「南町奉行所の与力の旦那だよ。名前くらいは聞いたことあるだろ?」

「…………」

半助に、より大きな衝撃を与えるためにほかならなかった。

「ほ、仏の重蔵だかなんだか知らねえが、相手は一人だ。騒ぐことはねえ」

半助は、意外に落ち着いた声音で周囲の手下に向かって言った。

「一度に押し包んじまえば、わけはねえ」

力強い半助の言葉に、一度はざわめいた者たちも落ち着きを取り戻したようだ。

得物を手に、ジリジリと間合いを詰めてきた。

最初の一人が間合いに入るまでじっくり待ってから、

――ぐぎぇッ、

重蔵は抜き打ちにそいつを斬った。左脇から右肩へかけて、逆袈裟に――。

そいつは声もなく前のめりに倒れた。

倒れる際、夥《おびただ》しい血飛沫《しぶき》が散って近くの柱を真っ赤に染めたが、重蔵自身は巧みに身を退《ひ》き、一滴の返り血も浴びてはいない。

だがその夥しい量の鮮血は、遺された者たちの目を奪い、驚かすに充分だった。

遺る者たちは、次の瞬間低くどよめいた。

そのどよめきに向かって、

「どうした？」

揶揄《やゆ》を含んだ口調で、重蔵は問いかける。

「一度に押し包めば、わけなく殺せるんだろう？　さあ、押し包んでみな」

言いざま一歩踏み出すと、近くにいた男が、奇声とともに重蔵に斬りかかる。

いや、斬りかかろうとしたのだ。だが、斬りかかろうとするその短刀の刃先を軽く鍔元《つばもと》で弾かれた。

「わぁッ」

そいつは容易く、その場に尻餅をつく。

「畜生ッ」

「死ね！」

「おぁあ～ッ」

口々に怒声を発しつつ、三人が同時に重蔵の正面に来た。来たときには、彼らはろくに声もあげられず、重蔵の足下に転がっている。重蔵の切っ尖は、的確に彼らの急所を突いていた。

「一度に！　一度にかかるんだ！　後ろにまわれ！　鬼神じゃねえんだから、背中にゃあ目はついてねえ筈だッ」

重蔵からは最も遠いところで半助は喚く。重蔵が歩を進めると、その言に従って彼の背後を襲った者が、まるで背中にも目がついているかのような身ごなしの重蔵に、ものの見事に鳩尾を衝かれた。

「残念ながら、背中にも目がついてんだぜ」

事も無げに、重蔵は笑う。

瞬《また》く間に、五人が斃《たお》された。

未だ二十人近く味方が残っているというのに、破落戸たちは、最早処刑のときを待つ罪人の心地だった。一度に押し包むどころか、逆にジリジリと圧されて後退を余儀なくされている。


「くそぉ」

追いつめられた心地の半助は、やおらお高を顧みた。当初の予定どおり、お高を質にとろうと考えたのだろう。だが、

「死ぬのはお前だよ」

冷ややかな言葉とともに半助に近寄ると、袖口に隠した匕首の尖を、お高はその鳩尾へ、思いきり突き入れた。

「げへぇ」

短い断末魔とともに、半助は容易く倒れた。

(やった……)

と思った次の瞬間、左腕のあたりに、ジン、と熱く、焼け火箸を押し当てられたかのような心地がした。

すぐ後ろにいた半助の手下が、すかさずお高に斬りつけてきたのだ。

「ちッ」

痛みを堪えつつ、お高は匕首を半助の体から引き抜きざま、そいつの脇腹に突き刺

している。

突き刺した次の瞬間、不意に激しい眩暈《めまい》をおぼえた。それが痛みのせいだということにも、お高は気づいていなかった。

「お高ぁッ」

重蔵の声が、ひどく遠いところから聞こえてくる。それが何故なのかと考えてみる前に、お高はその場に頽れていた。意識が遠のいたのは、頽れた直後だったか、それともその前だったか。

お高には判然としなかった。

五

「お夏さんは？　上総屋のお嬢さんは？」

抱き起こされるなり意識がもどり、お高は重蔵に訊ねた。

「安心しな。いまごろは、無事に家に帰ってるよ」

重蔵が答えると、

「よかった……」

安堵したお高は再び重蔵の腕に身を凭せた。

「おい、大丈夫か？」

「すみません、旦那、こんなことに巻き込んでしまって……」

「なに言ってんだ、今更。全部承知の上で、喜平次をいいように利用したんだろ？」

「………」

「別に責めてるわけじゃねえよ。こっちも、承知の上でお前さんに張り付いてたんだからな」

言いつつ重蔵は、無意識に逃れようとするお高の体をしっかりと抱き寄せた。麝香《じゃこう》の香りに包まれた体から、いまはうっすら血の香が漂っている。謎めいた女の体には、それもまた、よく似合う。平気そうな顔をしているが、傷は深いのだろう。一刻も早く手当てをしてやりたかった。

「動くんじゃねえ」

厳しく命じると、お高は素直に身動きを止めた。

「《花房》一味の残党を誘《おび》き寄せて一掃するのが、目的だったとしても、やり方が乱暴すぎるぜ、お高」

「旦那」

重蔵を見るお高の目が、波立つような激しい感情に戦慄《おのの》いている。重蔵は少しく戸惑った。おそらく彼がはじめて見る、お高の女らしい表情だった。女にそんな表情をさせてしまったことに罪悪感を覚えずにはいられぬほど、重蔵は女に慣れていない。儚《はかな》げで弱々しい風情にふれた途端、彼の鼓動は激しく響いた。

「だって、旦那……」

「やはり、そうか」

戸惑いつつも、重蔵は確信した。

「上総屋のお夏は、おめえの産んだ娘だな?」

「…………」

お高の体が、重蔵の腕の中でビクリと震える。

「とっくの昔に、捨てた娘ですよ」

お高の声は、少しく震えている。

「捨てたんです。……捨てたってことは、死んだと同じことなんです」

「藤五郎の子か?」

思わず問うてしまったことを、重蔵はすぐに後悔した。お高は答えず、袖口でそっと顔を被《おお》う。

「すまねえ。もう訊かねえよ」

別人のように弱々しいお高を見るのは、重蔵は辛い、いや辛いというより、後ろめたい。

「この話は、もうこれまでだ」

だから慌てて、重蔵は言った。

「旦那」

「俺も忘れる」

「…………」

お高は黙って重蔵の胸に顔を伏せた。肩が小さく震えているのは、声を殺して忍び泣いていたからだろう。ひどく小さく見えるその肩に腕をまわして、重蔵はお高を抱きしめた。そうせずにはいられぬほど、そのとき重蔵には、腕の中の女のことが愛しく思えた。

六

こなた思えば千里も一里

逢わず戻れば一里が千里

好きな小唄を無意識に口遊《くちずさ》んでから、お京は三味線をおいた。

如何にも情人面をして火鉢の前に胡座《あぐら》をかき、手酌で酒を酌んでいた喜平次が、ゆっくりとお京を振り向く。

「もう、おしまいか？」

「聞いてたの？」

さも意外そうに、お京は問い返した。

「当たり前だろ」

喜平次もまた、心外そうに言い返す。

「ぼんやりしてるから、てっきり、聞こえてないのかと思ったよ」

「なんだよ、それ」

手酌で注いだ酒を、くっとひと息に喜平次は飲み干す。

「暇そうだね」

「暇だよ」

「旦那の御用はなんにもないのかい？」

「ああ、このところ、なんにもねえな」

気のない顔つきで喜平次は応え、また手酌で一杯――。

「もう、およしよ」

見かねたお京は素早く躙《にじ》り寄ると、喜平次の手から徳利をもぎ取った。

「そんなに不味《まず》そうな顔をして飲むもんじゃないよ。酒に悪いと思わないのかい」

「思う」

素直に肯く喜平次の顔を、お京はじっと覗き込んだ。男のそういう顔は、できれば
あまり見たくはない。惚れた男なら、尚更だ。

「ねぇ、旦那は最近、どうしてうちに全然顔見せてくれないのよ？」

思いきって、お京は訊ねた。

「旦那は、もうここへは来ないぜ」

「だから、どうして？」

「女ができたからだよ」

「え？」

お京は流石《さすが》に絶句する。

「まさか……」

「本当だよ」

「何処の誰よ？」

「…………」

「ね、教えてよ。何処の誰なのよ？」

「知らねえほうがいいと思うぜ」

お京の執拗な問いかけに、喜平次は思わず苦笑する。

「どうして？」

「知ったらきっと、おめえ、妬《や》くからよ。ものすごく、いい女だから」

「なによ、それ。別に、妬きやしないわよ」

言い返しながら、お京は無意識に首を傾げた。もし本当に、重蔵に女ができたとしたら、手放しで歓ぶ。歓ぶに決まっているではないか。重蔵のような男が一人でいるのは、過去の悲しみを捨て去れないからだ。お京にはそれがわかっている。女ができたというなら、重蔵は漸くその悲しみを忘れようとしているのだ。かつて一度は彼を慕った者として、歓ばぬわけがない。

「妬きやしないわよ」

もう一度、独《ひと》りごちるように呟いた語調がやや湿りを帯びたように感じたのは気のせいだろう。お京は無理にもそう思い込もうとした。

「だいたい、女ができたからって、なんでここへ来ないのさ。それとこれとは話が別だろ。あんたが旦那の御用を務めるのをやめたってなら、仕方ないけどさ。……やめたの？」

「やめるわけねえだろ」

喜平次は依然として苦笑していたが、その声も顔つきもどこか虚《うつ》ろであった。お京はそれ以上なにも言わず、再び三味線を手に取った。歓びながらも一抹《いちまつ》の淋しさは禁じ得ない。ならばいっそ、その相手は、こちらが嫉妬に狂うほどいい女であってほしい、とお京は思った。

※　※　※

（やけに静かだな）

罪人の吟味を終えた重蔵が何気なく御用部屋を覗くと、林田喬之進が文机に向かっている以外、他の同心は誰一人いない。

「戸部様」

「一人か？」

「はい。皆様、聞き込みやら、飛鳥山《あすかやま》の見廻りやらに……」

「おめえは行かなくていいのか？」

「それがしは、今日中にこの報告書を書き上げねばなりませんので――」

「そうかい」

（相変わらず、要領の悪い奴だなぁ）

思いつつ、しみじみと喬之進を見た。出仕しはじめた頃に比べたら、それでも多少は逞《たくま》しくなったろうか。

「俺も、飛鳥山へ行ってみるかな」

喬之進に聞かせるともなしに重蔵は呟き、御用部屋をあとにした。

そのまま、詰所には戻らず、奉行所を出た。

満開にはまだ早いが、飛鳥山や上野の森など桜の名所には、そろそろ花見客が集まりはじめている。人が大勢集まるところには、掏摸・喧嘩等、例外なく厄介事が起こりやすい。そのため、花見で賑わう桜の名所を見廻ることも、町方の役目の一つであった。

（もう二、三日で満開かな）

飛鳥山に行く、と言った癖に、重蔵の足は無意識に、深川東町のほうへと向いている。奉行所を一歩出た途端、女の顔が脳裡にちらついてしまった。

そろそろ暮六ツも近い筈だが、まだまだ陽の翳《かげ》る様子はない。地面からは、ゆらゆらと陽炎《かげろう》が立ちのぼっている。

（春だなぁ）

目に見えぬ炎のような感触に身を包まれたとき、半町ほど彼の先を行く男の背中が見えた。

（岸谷？）

特徴のある長身に黒羽織、髷《まげ》の感じから、重蔵は容易く相手を特定できた。

（何処へ行くんだ、いま時分？）

鳥居家の用人である岸谷が、単身で表を出歩いているということに、重蔵は興味をもった。

故に重蔵は気配を消し、しばし岸谷のあとを追った。ほんの悪戯心《いたずら》である。鬼のような強面《こわもて》の男が白昼何処へ向かうのか。もし、馴染みの女のところだったりしたら、儲けものである。

気配を消しても、岸谷のことだ。普通に尾行《つ》けたのでは気取られるおそれがある。

だから重蔵は、通常の尾行よりも更に長く、岸谷との距離をとった。市中の地理に明るい重蔵には、距離をとっていても、岸谷の行く先を察することができた。

ふと、重蔵は足を止め、道端に身を寄せた。

岸谷が足を止めたのだ。手前の辻から不意に現れた女が、すれ違う瞬間、岸谷の耳許になにか数語囁《ささや》いた。否、囁いたように、重蔵の目には見えた。だが、足を止めたのはほんの一瞬のことで、岸谷はすぐに歩を進めだし、女のほうを見向きもせずに行き過ぎた。

重蔵は最早そのあとを追おうとはしなかった。それよりも、不意に辻から現れた女のほうが問題だった。

（お高……）

鰹縞の着物に黒繻子の帯を締めたその女は、迷いのない足取りで重蔵のほうに向かってくる。

やがて互いの顔がはっきり判別できるほどに近づいたとき、

「やっぱり、旦那だ！」

お高は小娘のようなはしゃぎ声をあげた。

「何処へ行く？」

　だが重蔵は笑顔を見せなかった。

「何処って、いつものお得意まわりですよ。月末《つきずえ》なんで、売掛の集金も兼ねてますけどね」

「岸谷とは、知りあいなのか？」

　無表情なままに、重蔵は問う。

「岸谷って？」

「ついいましがた、おめえが話しかけてた侍だよ。俺は目がいいんだぜ」

「ああ、いまそこですれ違った、強面のお武家さまですか？　あの方、岸谷様っておっしゃるんですか」

「とぼけるなッ」

　とは言わず、重蔵はただ無表情にお高を見返すだけだ。

「あの方がどうかしましたか？」

「なにか話してたじゃねえか。知りあいなんだろ？」

「いいえ」

　と怪訝そうに首を振ってから、

「ぶつかりそうになったんで、お詫びを申し上げただけですよ。恐い顔で睨まれて、生きた心地もしませんでしたよ。旦那のお知り合いだったんですね」

淀みもなくお高は答えた。だが、それでも重蔵は、なお窺うような目でお高を見据えている。

「旦那？」

不機嫌そうな重蔵の顔つきを見るうちに、お高の満面が次第に明るい笑顔に染まる。

「妬いてるんですか？」

ゆっくり重蔵に近づきつつ、お高は問いかけた。懐に呑んだ十手《じって》の形がはっきりわかるほどすぐ傍《かたわら》からつと顔をあげて見上げれば、まるで閨《ねや》の中にいるかと錯覚するほどの身近さである。甘い香りが、己の腕の中にすっぽり収まっていることに、重蔵は本気で困惑した。

「今夜は、いらっしゃいますか？」

「…………」

お高の問いに答えようとすると、声が掠れて言葉にならず、重蔵は焦った。顔が赤くなっているのではないか、と自ら怖れたとおり、そのとき重蔵の両頬は、満開の桜のような色に染まっている。

「きっと、来てくださいね」

お高は小さく背伸びをし、重蔵の耳許に甘く囁く。

「待ってますから」

言い残しざま、素早く重蔵の脇をすり抜けて、お高は去った。重蔵は結局、その後ろ姿にさえ、言葉をかけることができなかった。見境もなく女に惚れるというのは、こういうことか。正直、自分が自分でなくなるような感覚が、そら恐ろしくもある。

（ったく、ざまあねえな、いい年をして……）

自嘲した。

自嘲している癖に、嘲《あざわら》うもう一人の自分よりも、女に惚《ほう》けている自分のほうが、なんとなく愛おしい。

立ち去るお高の後ろ姿が完全に視界から消えるまで見送ってから、重蔵は本来己の行くべき方向へ歩き出した。

女に惚けている自分は愛おしい。だが、そこには、お高の言葉など、少しも信じていない重蔵も存在する。

（お高と岸谷は、絶対に顔見知りだ）

確信でもあった。

確信がありながら、今夜お高の許を訪れたとき、更に問い糾すことができるかどうか、自信はなかった。仮に問い糾したとしても、どうせ巧みに言いくるめられるに決まっている。

（あの女は人を誑《たら》す貉《むじな》だ）

ということも、わかっている。わかっていながら、結局今夜も、彼は貉の許へ通ってしまうだろう。

（逢わず戻れば一里が千里……）

心の中でだけ口吟《くちずさ》んだつもりが、低く口中から漏れていることに、もとより重蔵は気づいていない。

時代小説

二見時代小説文庫

鬼神《きしん》の微笑《ほほえみ》　与力《よりき》・仏《ほとけ》の重蔵《じゅうぞう》5

著者　藤《ふじ》　水名子《みなこ》

発行所　株式会社　二見書房
東京都千代田区三崎町二─一八─一一
電話　〇三─三五一五─二三一一［営業］
〇三─三五一五─二三一三［編集］
振替　〇〇一七〇─四─二六三九

印刷　株式会社　堀内印刷所
製本　ナショナル製本協同組合

落丁・乱丁本はお取り替えいたします。
定価は、カバーに表示してあります。

ISBN978−4−576−15070−3
http://www.futami.co.jp/

与力・仏《ほとけ》の重蔵　情けの剣

藤水名子［著］

続いて見つかった惨殺死体の身元はかつての盗賊一味だった。鬼より怖い凄腕与力がなぜ〝仏〟と呼ばれる？男の生き様の極北、時代小説に新たなヒーロー登場！

密偵《いぬ》がいる　与力・仏の重蔵2

藤水名子［著］

相次ぐ町娘の突然の失踪…かどわかしか駆け落ちか？手がかりもなく、手詰まりに焦る重蔵の乾坤一擲の勝負の一手！〝仏〟と呼ばれる与力の、悪を決して許さぬ戦い！

奉行闇討ち　与力・仏の重蔵3

藤水名子［著］

腕利きの用心棒たちと頑丈な錠前にもかかわらず、千両箱を盗み出す〝霞小僧〟にさすがの〝仏〟の重蔵もなす術がなかった。そんな折、町奉行矢部定謙が刺客に襲われ…

修羅《しゅら》の剣　与力・仏の重蔵4

藤水名子［著］

江戸で夜鷹殺しが続く中、重蔵は密偵を囮に下手人を挙げるのだが、その裏にはある陰謀が！闇に蠢く悪の所業を、心を明かさぬ仏の重蔵の剣が両断する！

枕橋の御前　女剣士 美涼1

藤水名子［著］

島帰りの男を破落戸から救った男装の美剣士・美涼と剣の師であり養父でもある隼人正を襲う、見えない敵の正体は？小説すばる新人賞受賞作家の新シリーズ！

姫君ご乱行　女剣士 美涼2

藤水名子［著］

三十年前に獄門になったはずの盗賊と同じ通り名の強盗が出没。そこに見え隠れする将軍家ご息女・佳姫の影。隼人正と美涼の正義の剣が時を超えて悪を討つ！

公家武者 松平信平《のぶひら》 狐のちょうちん

佐々木裕一［著］

後に一万石の大名になった実在の人物・鷹司松平信平。紀州藩主の姫と婚礼したが貧乏旗本ゆえ共に暮せない。町に出ては秘剣で悪党退治。異色旗本の痛快な青春！

姫のため息 公家武者 松平信平2

佐々木裕一［著］

江戸は今、二年前の由比正雪の乱の残党狩りで騒然。背後に紀州藩主頼宣追い落としの策謀が……!? まだ見ぬ妻と、舅を護るべく、公家武者松平信平の秘剣が唸る！

四谷の弁慶 公家武者 松平信平3

佐々木裕一［著］

結婚したものの、千石取りになるまでは妻の松姫とは共に暮せない信平。今はまだ百石取り。そんな折、四谷で旗本ばかりを狙い刀狩をする大男の噂が舞い込んできて…。

暴れ公卿 公家武者 松平信平4

佐々木裕一［著］

前の京都所司代・板倉周防守が狩衣姿の刺客に斬られた。狩衣を着た凄腕の剣客ということで、疑惑の渦中の信平に、老中から密命が下った！ シリーズ第4弾！

千石の夢 公家武者 松平信平5

佐々木裕一［著］

あと三百石で千石旗本！ そんな折、信平は将軍家光の正室である姉の頼みで父鷹司信房の見舞いに京へ…。松姫への想いを胸に上洛する信平を待ち受ける危機とは!?

妖《あや》し火 公家武者 松平信平6

佐々木裕一［著］

江戸を焼き尽くした明暦の大火。千四百石となっていた信平も屋敷を消失、松姫の安否も不明。憂いつつも庶民救済と焼跡に蠢く企みを断つべく、信平は立ち上がった！

十万石の誘い 公家武者 松平信平7
佐々木裕一［著］

明暦の大火で屋敷を焼失した信平。松姫も紀州で火傷の治療中。そんな折、大火で跡継ぎを喪った徳川親藩十万石の藩士が信平を娘婿にと将軍に強引に直訴してきて…

黄泉《よみ》の女 公家武者 松平信平8
佐々木裕一［著］

女盗賊一味が信平の協力で処刑されたが頭《かしら》の獄門首が消え、捕縛した役人も次々と殺された。下手人は黄泉から甦った女盗賊の頭!? 信平は黒幕との闘いに踏み出した！

将軍の宴 公家武者 松平信平9
佐々木裕一［著］

四代将軍家綱の正室顕子女王に京から刺客が放たれたとの剣呑な噂が…。老中らから依頼された信平は、家綱主催の宴で正室を狙う謎の武舞に秘剣鳳凰の舞で対峙する！

宮中の華 公家武者 松平信平10
佐々木裕一［著］

将軍家綱の命を受け、幕府転覆を狙う公家を倒すべく信平は京へ。治安が悪化し所司代も斬られる非常事態のなか、宮中に渦巻く闇の怨念を断ち切ることができるか！

乱れ坊主 公家武者 松平信平11
佐々木裕一［著］

信平は京で息子に背中を斬られたという武士に出会う。京で〝死神〟と恐れられた男が江戸で剣客を襲う!? 身重の松姫には告げず、信平は命がけの死闘に向かう！

世直し隠し剣 婿殿は山同心1
氷月 葵［著］

八丁堀同心の三男坊・禎次郎は婿養子に入り、吟味方下役をしていたが、上野の山同心への出向を命じられた。初出仕の日、お山で百姓風の奇妙な三人組が……。